skmt

坂本龙一是谁

[日] 坂本龙一 后藤繁雄 著

许建明 译

重庆大学
出版社

目录

I

skmt 2

本书由1999年8月由Little More社
发行的skmt同2006年12月由NTT出版
发行的skmt 2合并而成。

写给本书①

坂本龙一

每当有什么事发生，后藤繁雄总会出现在那里。他捕捉事物的感觉很敏锐。在情绪、感情、思考即将发生变化的时候，他就会出现，唰地一下子抓住"猎物"。也许他就是一个优秀的猎人。话虽如此，但他并非一脸凶相。相反，他的眼睛看上去像是有点困倦了，很柔和。他和寻常的优秀采访者相比，更能说，能把我的话题说得像是自己的事情一样。于是，我也被他带动了起来，我的话也说得多起来了，尽管我并不喜欢说话。已经很长时间了，像是定点观测一样，也就是说，我，被这么一路观测过来。虽然被观测，但也有点习惯了。不过，还是不会像他那样喜欢说话。我，以自己随意的情绪、感情和想法，随意地说着。而他，不会对我所说的内容进行分类。这一点很好。但是，他到底为什么会对我的话感兴趣呢？我不明白。我对于他来说，又是什么呢？我们从来没有就此进行过探讨。大概就算讨论起来，也会觉得很无聊吧。我想要与之对话的人并不多，基本上一个国家也就一个人吧。有趣的人，越来越少了。

　　想要倾听的对象，也几乎没有。在日本就更少了。基本上我想要倾听的人，都已经过世了，不在了。今后，大概也就是偶尔和后藤繁雄聊一下了吧。他今后，大概也就是听我随意唠叨一下，然后一直说他自己的话了吧。我几乎没有任何对后藤繁雄隐瞒的事情。这一点，很难得。因为我会逐渐忘记自己说过的话，而由他记下来就挺好的。这让我想起自己已经忘记了的、当时自己的情绪、感情和想法。回忆起来并非要去做些什么，因为我对过去的事情没什么兴趣。我想，后藤繁雄对过去的事情大概也没什么兴趣。那么，就此打住。

坂本龙一

写给本书②

坂本龙一

我，既不擅长说，也不擅长写。就算听歌，歌词也不过脑子。我最近在想，这算不算是一种失语症呢？（音乐家和失语症有很大的关系。）虽然我常常在思考些什么，但用的到底是语言还是别的什么呢？我自己也搞不清楚。和别人交谈时，因为会用语言来对话，这么去给不定形的思考状态一种定型，也挺不错的。一旦使之落地成为语言，既方便了记忆，自己也会珍视爱惜。不过另一方面，一旦成为语言，我就常常忘记了其原本的不定形的状态，总会觉得有些可惜。如果可以的话，希望能将这种不定形的状态保持到最后。我不希望将一贯性带入思考或是生活中。虽说人生充满了矛盾，但这里面最不可信的就是自己。昨天还喜欢的东西，今天可能就已经厌烦了。所以，对曾经说过一次的话我并不想负责任。为了保持一贯性，就需要对此时此刻的想法和感觉说谎，实在是恕难从命。

2006 年 11 月 22 日于纽约

skmt 1

001 计划／这本书要怎么来写、怎么来做？

这本书，会是关于坂本龙一的，会成为坂本龙一的书吧？

不过，这本书既是坂本龙一的"传记"，又不是"传记"。说它是某种记录，但也只是收集起不合条理的、片段式的点滴，进行编辑罢了。

标题skmt，取自坂本龙一的域名符号。

刻画某个人物，指的到底是些什么呢？从以前开始的、关于某个人物的评传，或是由他们亲自回忆自己的过去，并将其故事化，这样的事情不断发生（通过文字书写下来的自传或是评传最早又是什么呢？去调查了解一下这些所谓的"自传史"或是"评传史"或许会很有趣）。这虽然是将"自己"作为历史来记述的一件事，但却并不一定就是"真实"。自己所认知的自己和对他人而言的自己当然是不同的，而且"某时某地的自己"和"此时此处的自己"也肯定是不同的。唯一真实的"自己"，并不存在，存在的是复数的"我"。我会去想这些"自传"或"评传"为什么会成立，所以，没有将把这本书写成一部俗套的坂本龙一传作为目的。虽然只是将不确定的、不合条理的记述进行累积，但这也反而使"某个人物"，即skmt，呈现在了读者面前。

自传或评传，是在人生的时间长河中选取具有特征的轶事进行"故事化""历史化"创作的产物。这的确是一个让人更容易被了解的方法。以前，某位评论家曾说过这么一句话："人死了之后才会变得容易理解。"而活着，则是极难把握的、让人惶恐害怕的事。昨天之前说过的事，和今天正在说的事也未必一样，带有别人难以理解的原因而突然改变行动方向的情况也会发生。活着这件事需要还是不需要理由？有还是没有目的？为什么现在身在此处？它是没有任何切实依据的存在。一直在持续变化运动着的，既是"我"，也是"你"。这本书"收录""记叙"某天某个地方的坂本龙一的发言，将其作为记录的素材来使用。

这本书，完全不是固定的，也不是决定性的产物。它的原稿，是作为草稿"姑且"先写下来的内容，如果可能的话今后还会再进行改写，不断改变其形态。它是一份会常常被改写，继续被编辑下去的文稿。

被称为"人生"的时间长河，虽然是由具有代表性的轶事片段所组成的，但从这个标准中"落选"下来的东西，或是每天随手拍下来的快照，像是要将它们做成相册般，来制作这本书。

将他人当作自己，将自己当作他人。

将某个人物，当作谁都不是的一个普通人。

当人们读到他的故事时，都觉得写的是自己。

skmt，必须是被这样书写，被这样编辑。

002 这是因为……

和skmt见面。斑白的头发，眼睛睁得大大的，脸上带着笑。充满阳光的问候。他就在我的眼前。是从什么时候开始持续采访的呢？是从变成了熟人之后吧，但也想不起具体的时间了，有十年左右的光景了吧。从开始计划这本书到现在，也已经过了一年半了。在这期间，在纽约的办公室，东京的唱片公司的会议室，意大利的演出后台，伦敦酒店的行政会客厅和房间、餐厅里，采访、讨论、闲聊。我不断向他提问。

提问？有什么必须要解决的事情吗？我自问自答。这本书能做的，就是记述某一天、某个时候的skmt。"你最近怎么样啊？"以这样的方式开始访问。哪有什么非要解答的疑问！他说，因为这次回国只需要协助一次电视节目宣传，所以很轻松。"巡回演出也已经结束了，感觉重回自己的生活中了吗？"这么一问，他急忙在椅子上端坐起来，将双手的手掌交错，四下张望着。

"不是这样啦。'自己的时间'应该是什么样子……我也不知道呢。"

我觉得糟糕了。是啊，在他的世界里，是没有"自己的生活""普通的生活"这样的词的。但是，基本上我们都是以这种随性的形式开始采访。言语交错碰撞，将相关的反应记录在磁带上，再由工作人员将其"听记"下来。一次采访基本上在 1 个半小时到 2 个小时左右，折合成文字大约是一页 400 字，约 100 页的录音整理文字。现在，我正好拿在手里的是"1997/3/17 东京"那一次的录音整理，里面有这么一段：

不知怎么了，本来是用英语接受采访，

被提问后进行回答的时候，我突然就开始用"Because（这是因为）"来起头了（笑）。"这是因为（又换回了日语）"（笑）。一般来说，在说"Because"之前会思考很多吧。但是这前面的部分都被省略了，突然就用"Because"来开始了。因为对于之前的主题完全不清楚，而我这么突然地开始了，对方一脸茫然。

并不是所有的"开头"都有理由，也没有必须这么开始才可以的必然性。不管是用"话说"来开始，还是用"今天呢"来开始，用"这是因为"来开始也行。思考要用什么来开始才好，那恐怕什么都开始不了。追求"必然性"或"理由"的，只不过是一种"文化规则"吧，skmt说。

而非规则一方的极致所向，那就成了诗、诗歌。因为"省略的方法"就是诗意的存在啊。

003 关于skmt的几件事

出生年月：1952年1月17日

星座：摩羯座

出生地：东京都中野区

身高：171cm

体重：72kg

血型：B型

最高学历：东京艺术大学研究生院音响研究系毕业

004 提问和回答　1996年4月15日◎纽约

G　你是局外人？还是局内人？

S　都不是，我往来于两者之间。

005 没有理由

在10年前和吉本隆明一起撰写的《音

乐机械论》里，以及在和村上龙对谈的 *EV. Café* 中，我都曾经反复提到过，心里有什么想要表达出来的东西，通过双手将它交付到键盘上。这不正是将它表现出来的过程吗？基本上，这也是将技术，即"外部"作为前提来实现表达的方式。或者说不以"共同化"为前提，而是将从中逃离来作为表现的基本方式。这些感觉究竟是从何而来的呢？感觉的起源？少年时代的经历？家庭环境？这些东西能够决定感觉的来源吗？个人成长环境和个人价值观的因果关系、函数关系，占星师说："因为你是1月17日出生的摩羯座……"但是，也有和环境、生活方式完全无关的成长方式。因为记忆或是某些理由，感觉自己置身此处的不愉快，以及不想承认它的情绪。自我分析这件事，成了自己的生存动机。就算是成长于其他国家、其他时代的人，里面也会有"逃亡派"。如自我逃亡派、事实逃亡派等。所以，养育方式也好、家长是怎么样的人也好，这些都不能成为理由。

对于围绕着自己的条件作出反应的人。对于自己说的话都会有所怀疑的人。对于自我假设的条件抱有疑问的人。skmt带着满不在乎的神情说。

有一天突然意识到，自己原来是个带着怀疑的孩子啊。虽然也有孩子完全不抱疑问。

006 违和感

skmt 3岁开始学习弹钢琴，5岁开始作曲。

我从没想过自己是"音乐型的"。孩提时代，我也一直这么觉得，但是，这个世界上总有不必辛苦练习就能写出优美曲子、弹奏钢琴的孩子。在雅马哈的音乐教室里也好，在其他别的教室里也好，他们总是表现得很愉快。但我并不是这种，怎么说呢，就是那种"不自知"，或不经过有意识的努力就可以写出优美旋律的孩子。所以，我以前常会分析，大家所说的"优美的旋律"里的"优美"是什么。总之，我自己首先就写不出所谓的

"自然的旋律"。其次，自己和那些人又有什么不同呢？对于这些"差距""违和感"，我变得非常敏感。

最讨厌的，或者说最让我挂心的是"生理上感觉愉快的旋律"之类的说法。我觉得这话太怪了。为什么呢？旋律好或是不好，这完全不是生理方面的事情。虽然会说生理性愉快这样的词，但其实并没有这样的东西存在吧。

现在，用成年人的话来说"很优美"或是"很难听"，指的是声音的组合，这是由那个时间、那个场合的文化所规定的，如果转换时代和空间，就有可能变成"优美的"。就算是对于他人来说不"优美的"东西，也可能对于我来说"很优美"。不应该无视历史、文化的范畴，而去使用"生理性"这样的词。我对这种说法一直抱有很强的违和感，从进入小学的时候开始就是……

007 记 忆

G　记忆中孩提时代的家是怎样的?

S　非对称的。台风。墙上的涂鸦。书。蚂蚁。猫。狗。浴缸。三面镜。两层楼。钢琴。客人。卷心菜田。树……

008 盲目的东西

孩子对于母亲的盲目性。母亲对于孩子的盲目性。这对于养育孩子,以及孩子能够生存下去来说是必要的条件。不过,这也是非常卑劣的了。

009 右手和左手

skmt正在努力回忆。多半他已经忘了吧……是什么呢？让我产生这种违和感的来源……他有时取出香烟来抽。从幼儿园到小学，他学习钢琴。在他周围，一直都有音乐，但他真的讨厌那种朗朗上口唱出来的歌曲。

大概在 6 岁吧，正是从那个时候开始有了必须从这个音开始的旋律，必须这么走向的曲目展开，然后，还要必须这么结束。这种旋律实在让人难以忍受。说得夸张点，所谓西欧的音乐，就是在线性时间上带有起承转接的"故事性"或者说"小说结构"，而这已经过时了。小学的时候第一次作曲，但完全不是优美型的旋律，也几乎没有人表扬，不如说被贬低的印象比较深刻。

他对于和弦以及调性（tonality）、无调性（atonality）很敏感。对于他来说，所谓"声音的位置"究竟是何处呢？

在小学低年级的时候，他最有亲切感的是巴赫。关于这个，小学 2 年级时候，他曾给舅舅写过信。

左手伴奏而用右手弹奏出"优美"旋律，他其实很讨厌这样的音乐。这样的曲子弹起来讨厌，听起来也讨厌。关于自己为何喜欢巴赫，他曾向舅舅进行过说明。

那是因为，在巴赫的曲子里左右手具有"对等的作用"。这一点让他非常感动。可能因为自己是左撇子吧，所以，这也是对左手受到异常轻视而做出的反抗吧。

但是，他并没有因为被叫作"左撇子"而感到过自卑。说不定还更得意吧。

010　自己的脸

　　我很喜欢"不一样"这件事。特别是，对于自己与他人不同的意识非常强烈。不仅是因为小学里其他孩子穿着校服，而自己却穿着运动夹克。我会想为什么别的孩子都是同样的表情，会这么去想的是不是也只有我？其他孩子谁都不会这么去想吧？不知道。在很长一段时间里，这都是个谜。

skmt常常照镜子，在镜子中凝视自己的脸。这张脸在世界上只有一个，真令人不可思议。虽然的确会觉得和其他的孩子不一样，但是会看出"因为我就是我"的不同吗？还是客观角度上的不同？别的孩子会不会也觉得自己"和别人不同"？他一直盯着镜子看着。

011 不明白

就算别人要求我随自己喜欢去弹就好，但是自己喜欢的又到底是什么呢？

我完全不明白。

聊你想聊的，或者是想说什么就请说说看。

就算别人问我想要写什么样的曲子，我也不明白。

不明白自己在想什么。

就连自己喜欢的是什么，也不明白。

所以，只能一边摸索一边前行，否则什么都看不清。

012 在教室里

　　我曾常和朋友闲聊。不知为何在其中扮演了搞笑角色。曾经很讨厌成为群体的中心。

　　某天，班主任让大家写类似"将来的工作、希望"这样的作文。

　　我写了"什么都不想当"。

　　对于要从属于什么，我感到害怕。

013 回想的循环之路

　　我讨厌"讲述"以前的事。闲话孩提时代，或是讲讲记忆中的故事，都讨厌。但是，记忆有着自己独特的循环路径。早已忘得一干二净的场景或是插曲会突然间回忆起来。太阳的光线和颜色、质感、空气……这些东西有时会一下子全都苏醒过来。

　　回想自己的儿童时代，这样的内心状态真是独特呢。有人会心情愉快地来聊，也有人会觉得羞涩或是厌烦。但是，不论哪一种都是很独特的。回想起已经不存于当下，只存在于记忆之中的画面时的内心状态。我在观看某个种类的电影时，或是在听到某种风格的音乐时，又或是欣赏某种绘画时，有时候会产生与之相似的感觉。这唤起了曾经被遗忘的某种记忆，这种大脑中化学般的状态很独特，似乎在哪里有着不常被用到的记忆，它突然再一次被赋予了活力出现在眼前。这实在是让人心旷神怡。而这种被忘却的记忆用民族单位来思考的话，也会联系到集体意识的故事里去吧。所谓艺术，是连结着"怀念"的。

014　电影院

他是一个人往返于幼儿园的。有一次在回家的时候他约了两个朋友，一起去了涩谷的电影院。当然没有和妈妈一起。那是一家10日元就可以看电影的电影院。刚落座，银幕上就满满地出现了新闻电影短片。他的这一行为在幼儿园引起了大混乱。"下次绝对不能再这么干！"老师说。没想到这件事大闹了一场，之后又成为传奇事件。不过他也有点得意的意思吧。

015 红蜻蜓

不去唱歌曲《红蜻蜓》，而是要去创造另一种音乐。它不仅能唤醒日本人，也要唤醒其他国家的人遗忘了的记忆和画面，要创造这样的音乐。

使用 20 年前民谣的乐句作为混音素材，使用披头士乐队的和音，即便系统性地创作出了"乡愁"，也只是和布景一样的东西。所以，不要依附于语言、文化和民族的历史差异，而是要以全新的声音组合来唤起这些被忘却了的感觉与记忆。就像我常常被导演让 - 吕克·戈达尔（Jean-Luc Godard）触动，感觉心潮澎湃那样。

016 虽然他把这件事叫作"少女的爱好"

小学4、5年级的时候，他在不知是莫奈还是马奈画的贵妇画像前，神魂颠倒地看了30分钟，也曾自己模仿着画过。

017 德彪西

初中2年级。"姗姗来迟的邂逅。"小学6年级和初中1年级的时间，他浪费在了贝多芬身上。他舅舅是位唱片收藏家，莫扎特的唱片有几百张之多。基本上他是喜欢古典音乐的，但是其中也有几张是近代的音乐。当听到德彪西的时候，"为什么之前我没听过？"他对自己绕了远路而深感后悔。因为skmt是沉默寡言的孩子，所以这件事他也没和舅舅聊过，只是默默地把唱片拿出来自己一个人听。

一开始，采访在skmt的工作室兼自住的居所中进行。他说了关于互联网可能性的话题。坐在地下室的椅子上，桌上有电脑、书和录音器材，他向我展示笔记本电脑上出现的罗伯特·伯格曼设计的官网主页的入口。然后，他拿起正着迷的数码相机拍摄了工作室的模样。

　　虽然我没有摄影的才能，但这张照片太棒了。应该有这样的情况吧。这一台相机能拍得很好，但其他相机拍出来就很差劲。普通相机就是不行呢（笑）。类似这种情况的人，也一定有很多吧。例如，虽然完全不会弹琴，但是在电脑上却能马上做出音乐来。有类似这样的白领吧？会出现这样的情况吧？这挺不错的呢……

晚餐我们去了Basta Pasta餐厅。若木信吾、TAJJI-MAX夫妇也在。店里客人很多，音乐也很嘈杂，但是采访依旧继续着。孩提时代、感觉的起源、逃亡、互联网……话题四处跳跃，切换到哪里就说到哪里。skmt一边喝着红酒，一边继续大声说着，我手握着录音机录下他的声音。虽然周围坐席的客人说话声都很低调，但他像一个热情的邻居般，像一首带着热意的歌曲般，像是呼喊着政治口号般地说着。志气昂扬。

019 不知身在何处

虽然知道他在世界的某个角落，但却不知道到底在哪里。可能在巴黎机场的大厅，也可能在新宿酒店的房间，或在边境之地的深山里。

逃亡者。电子系的嬉皮士。居无定所。

但是会有联系。他总是在世界各地辗转着生活。也并非去向不明，只要是在有电话线的地方，发了电子邮件过去，一转眼就会有回信来。

背着乐器和薄型笔记本电脑，轻快地走着，去向某处。憧憬不知身在何处的状态。很理想啊。电子邮件，其实也是非同步的沟通，也就是说因为有"偏差"，所以确保了个人隐私。所以呢，不论是西藏还是阿拉斯加，或是西伯利亚都想去一去。当时因为西藏通信条件不佳，所以带了个小小的抛物型卫星天线去。这么一来，住上一年都可以。真是这么想的，他是认真的。真是个怪人啊。

从旁人的角度享受着自己的事。

020 带一件行李去旅行

从小学时代就非常热衷于模仿格伦·赫伯特·古尔德（Glenn Herbert Gould）演奏的勃拉姆斯的《间奏曲》的风格，虽然常常被钢琴老师批评，但却不改。

021 逃逸之处

要逃向何处呢？他去参加游行的时候，首先就会想到这件事。如果这里来了防暴警察的话，该往哪个方向逃好呢？如果事态变得糟糕，那就往那个角落逃吧。skmt对于"寻找逃逸之处"是有经验的。他从小就没怎么打过架，和父母、朋友也都没有大吵大闹过，因为没有攻击冲动。基本上，就是不伤害别人，自己也别受伤这样。这很狡猾。但狡猾必须是要懂得善用头脑的。胆小鬼，但又并没有胆怯的情绪。

所谓吵架，是一种面对他者的东西。这里能不能做出让步，都是双方关系里的精神角逐。

只要不打斗，那就不会有赢，也不会有输。不能打会输的架。

从胜负之争这件事中逃走，要先想好怎么做才能逃走。人类就是因为这样的原因才变得聪明的吧。因为觉得明天可能会有暴风雨，接下来的一系列思考使日本的城市都变得发达起来了。

G　　对你来说，武装是什么？

S　　防卫。

022　斯大林大街

和美国有一条叫作百老汇的街道一样，世界各地也都有斯大林大街。但是"斯大林"

这个名字意味着什么，并没有人去想过。纽约就算不去思考这个名字的意义也可以过活下去。

023　人格／精神分裂症

现在正在说话的我，和明天早上遇到的我，并没有同一性或必然性。

"我"，只是作为单纯的社会性存在，处于"对他性"之中。

所谓"人格"，也是"对他性"的东西。

所以把它抛却了之后，就是精神分裂症了（话说，精神分裂这个词，听上去也很老旧了）。

024　局外人

逃亡者也好，局外人也好，让人不得不

去思考这种共同体，这也是宿命。例如犹太人，不就是这样的吗？犹太人不得不作为全世界的局外人生存下去，所以建构出了一个叫作以色列的国家。现在，虽然日本这一国家实际存在，但是我思考的是，存在于世界上却看不见的国家、还没有出现的国家、曾经存在过的国家、并不实际存在的国家。不仅思考自己是局外人，是逃亡者，更要思考虚构的国家。

G   你想成为的"他人"是什么？

S   是在蒙古骑着马生活的人。是会潜水的人。是去往月球的人。是女人。是鹦鹉螺……

G   人生的目的是？

S   没有。

G   生活的信条是？

S   没有。

025 提问／回答 1996年9月5日○东京

G 所谓战场是什么？

S 是活着。此时、此刻。

G 人生的主题是什么？

S 如何完成人生？

026 世界巡回演出"1996"

坂本龙一（钢琴）、雅克·莫伦兰鲍姆（Jaques Morelembaum）（大提琴）、埃弗顿·纳尔逊（Everton Nelson）（小提琴）的三人组合，开始了世界巡回演出"1996"。6月15日从纽约音乐会所Knitting Factory（针织工厂）开始首演，直到9月1日在大阪公演为止，共实际演出了37场，除了意大利、法国、西班牙、保加利亚、丹麦、希腊等欧洲国家之外，还包括在亚洲各国和澳大利亚的演出。巡演以最少人数的工作人员来进行。三重奏的成员，有时候乘坐巴士，有时候搭乘飞机来回。当然，每晚睡下的"国家"一直在变。

027 功能性MRI

酒店的咖啡厅。他点了卡布奇诺。餐桌上放置了笔记本电脑，他找到对话中的用词时就会马上输入电脑。"否则我很快就会忘了。"结束了连续2个半月的巡演，刚刚回到大阪，他还处于某种虚脱的状态。但是一聊起来，就因为他已经开始着手其他"活动"而让人感到吃惊。

那天傍晚，正好是第二次"实验日"。他申请做大脑实验的志愿者。其契机是因为之前读了立花隆撰写的《大脑极限》。他在写给立花隆的邮件里说："为了大脑研究的项目，我把自己作为实验品应该能够做出贡献吧。请介绍你推荐的研究者给我。"没过多久，对方就介绍了东京大学医学部音声言语医学研究机构的杉下守弘教授。实验中，人躺在功能性MRI（功能性磁共振成像）的装置中，将头部放在感应器内，通过电脑将脑功能进行成像。他成了这一MRI的实验品，实时进行音乐作曲。大脑的状态被毫无保留地检测出来。

第一次实验的结果，让杉下教授感到震惊。其一，他连接左右大脑半球的"胼胝体"比常人的要异常粗大。

虽然不清楚具体的原因，但是研究者认为"大概是因为正在激烈地进行声音与影像的信息交换吧"。其二，可能是因为左撇子，普通人的左脑被叫作"语言脑"，右脑则是"空间脑"，但是他却似乎是反的。集中精神作曲的时候，他左脑的某个区域血液流动特别活跃，这是作为实验结果得到的内容。

028 心里的声音／脑袋里的音乐

　　MRI器械发出了巨大的声响。给他的课题是"少年时代"。skmt没有使用乐器，连手也没有动，只是在脑海中作曲。放松思绪。然后他认真地在40秒之内在脑海中作曲，再休息40秒。但是要完全集中精神是很难的，所以他决定尝试创作类似舒曼的《童年情景》的作品。是不是在脑海中想象着自己写下曲谱的样子，想象自己弹奏钢琴的样子就好？还是什么都不做，只是想象音色就好？或者将曲谱和钢琴混合其中，交错往复？但是，也并非必须如此才能作曲。只要能集中在某一个方法上就可以。作曲中，有着写在曲谱上或是弹奏钢琴的指法动作。消除这些动作，只用纯粹的音节来作曲可能更好。

话说，"心里的声音"，常常会发声对吧？哎？思考的时候，不仅仅是单单浮现出语言，一定也会听到某种"声音"吧？哎？没有吗？是吗？我常常会听到语言的声音在心里响起来，甚至吵到让人不知如何是好（笑）。是吗？我之前并不知道也有人听不到这种"声音"呢。而我这里，却觉得简直太吵了。音乐也是一样，会在脑海里发声的。

029 音乐深处的东西

不是发声的声音，而是发声之前抽象音节的组合。在那个阶段，音节虽然没有发声，但是内在却有其抽象的世界。只要有抽象世界，就有逻辑规律，只要改变乐器的组合，音色就可以任意改变。就好像是数学里的因数这样的东西，如同变化 X 的值或是 Y 的值那样，怎样编排都可以。因为就算经过改编，这首曲子也还是这首曲子。但是，在自己的曲子里无法改变的东西也很多。这不仅仅是乐器数量不足的原因，而是作为小样创作出来的曲子，发声的音节本身就是音乐，它不具有抽象领域，只有"表面"的曲子是无法变换的。因为发声这件事本身就是音乐，所以无法进行编辑将它转移到别处。三重奏的时候也是如此，虽然要将原创的曲目重新改写成钢琴、大提琴和小提琴的版本，但是最后比原作完成得更好的就只有《美貌的青空》这一首。也有在最开始呈现时，XY 的值就不是最好的情况。也有到了第二次尝试的时候，出现了比原本 XY 更好的 XY 的值。说不定，还有更好的组合无限地存在着。只要其内部有着"抽象"的存在，那么无论进行多少次反复尝试都是可行的。

030 所谓“演奏”

G　　对你来说，演奏指的是什么？

S　　快感。喜悦。

031 情感／强烈的音乐

　　人在听音乐的时候，听的究竟是什么呢？弹奏方式和技术，还是在倾听音乐深处的抽象世界呢？“是什么呢？”我向他提问。“应该也不是听抽象物吧！”他似乎回答得很艰难。

　　是不是情绪呢？不是一个一个的音节，而是作为音乐发出的强度，只要强烈不就行了吗？就算是同一首曲子，也会觉得在巡演最初的、纽约的针织工厂演奏的感觉“最强”。就算在各个不同的场所进行了演奏，也一直保持着瞬间强度的平均值，但还是会感觉它在逐渐变化变形，真是不可思议。

　　那么，他的音乐是在哪个“阶段”发声的呢？是抽象的部分，在被演奏前就发出声响的吗？还是在初次演奏之后才作为"自己的音乐"开始发声？

两者都是。我想如果把它想成是演戏的话会比较容易理解。所谓抽象的世界就当作"剧本"好了。站上舞台在观众面前就是开演了对吧。观众并不是来听剧本的，而是来看表演的。音乐也有与之相近的内容。就算剧本台词相同，但每晚演出的韵味也都会发生变化。和这种情况很相似吧。我既是编剧，同时也是演奏者。

032 曲 线

只有一个音是不能成为音乐的，必须要两个音以上才行。两个以上的音才能诞生出旋律或风格或节拍。音色的组合会瞬间引领我们去往某处。

弹奏两个以上的音节，就会明白"它正在往那边去呢"。所以，即兴表演起来就会马上变成额我略圣咏（Cantus Gregorianus)①；或是巴赫；下一个瞬间又去到了巴厘岛，一边曲线向流行乐或是近代音乐倾斜，一边继续不断变化下去。所以，演奏者不仅需要优秀的演奏技巧，还必须兼具作曲能力和对于音乐的引导和知识。

033 在希腊

受"场地"影响这件事，真是有生以来第一次。迄今为止，我一直认为音乐就是音乐，在哪里表演都是一样的。因为我是超理性主义者。但是，在雅典的用大理石建成的圆形剧场演奏时，进入到这个场地里，倾听那里的声响，用眼睛看，用身体感知，体会到了它们所带来的极致的快乐。场地的共振切实地传递而来并左右了音乐，就是这样初次的体验。

G　　对你来说，感到特别的演出场地是?

---

① 译者注：西方教会单声圣歌的主要传统，是一种单声部、无伴奏的天主教会宗教音乐。

S　　雅典、巴塞罗那，还有波尔图。

034 乡 愁

"美丽的东西似乎都带着乡愁。"

035 因为没有被满足

对我来说，音乐之美的基准，其 X 轴与 Y 轴就是德彪西和巴赫的作品。但是，话虽如此，我也并没有经常地去听。它们应当就是抽象之美的根源吧。偶尔听一下，德彪西和巴赫的作品也没有我想象的那么好。留在记忆里的才最心旷神怡。他们的确非常棒，但一旦品尝过了之后，又会觉得还有些不足。因为没有被满足，所以会期望更多。

036 悲伤的井

导演贝尔纳多·贝托鲁奇（Bernardo Bertolucci）在拍摄《小活佛》的时候，对已经完成了作曲的他说"太悲伤了"，要求在悲伤的尽头要有希望，命令他重新作曲。他一边激烈地争辩着，一边放弃了修改原来的曲子，重新写了一首完全不同的曲子。

对于我来说，"悲伤"是一种"向下的能量"，是一口张着洞口，无限向下的井。这是一口 10 米深的井吗？还是 7 米左右呢？通过井的深浅来调节"悲伤"。贝尔托卢导演说"太过悲伤了不行"的时候，将 10 米深的井改成 7 米不就行了吗？我做不到。不能用同样的东西，我必须重新去挖掘另一口 7 米深的井。在专辑 Smoochy 里，我写了一首叫作《带他们回家》（Bring them home）的曲子，那个时候，对于主题我很烦恼，唉，那就随便挖挖看吧，结果挖出了一口 100 米深的"悲伤的井"。那个时候创作唱片专辑，感觉就像是在这里挖一口井，在那里搭一间房子，仿佛是在画一张"想象中的风景画"。

037 三重奏

迄今为止的十几年，一直是在兜兜转转四处绕行走到现在的，所以心里也明白应当努力去完成一种风格，达到一定高度。这是通过三重奏巡演得出的最重要的心得。三重奏的形式比目前为止其他所有音乐形式都更能将情感传达给观众，观众的感情也能直接反映到我们自己的演奏中来。而乐队或使用电脑的形态，都不曾让我感受到这一点。

我已经看到了下一步具体的音乐的可能性了。虽然看到了，但也不太想去做。现在，想从三重奏中逃离的心情，以及想要继续深入这种形态的心情同时存在。

038 讨厌旅行／痛苦

我讨厌旅行。应该是，真的很讨厌吧。懒得出门。但是目的地的风景、用餐，以及和人的邂逅，我又很喜欢。坐飞机也是让我非常讨厌但又束手无策的事。舞台上的 2 小时是快感，但喜欢的东西必然伴随痛苦而来。就像住院做手术可以治愈疾病，这当然是很好的，但是手术会伴随疼痛吧。如出一辙。好痛苦啊。好痛，好痛……

039 中　国

在全新的地方上行进。警戒。语言。颜色。习惯。气味。孤零零地处于一切变化之中。神经和肉体，不放过任何一个细节，对细小的声音、外界极小的变化作出敏感的反应。信息多到让人畏怯。

持续巡演，就会感受到各个城市的能量

差异，某个地域带有的潜在的强度，能清晰地领会个中差距。

欧洲正在缓慢地死去。我能感受到亚太地区强烈的能量。其中的差异分外鲜明。21世纪将完全成为中国人的世纪。

新加坡、中国及中国的香港和台湾地区。游历亚洲华人圈的全部国家和地区。skmt在新加坡和中国感受到了当下"最大瞬间风速"的强劲。

5年后、10年后，中国一定会成为难以忽视的存在吧。中国人一定不会违背自己的逻辑。不论好坏，他们都会提升国家的整体实力，将中国的逻辑方式推向世界各地。日本在这50年间学习积累下来的东西，也已经成了相当大的一份财产，但今后的日本恐怕真的会很艰难吧。只有和亚洲的华人圈搞好关系才能生存下去，别无他法。不过，对方会想要和我们要好吗？

040 没有犹豫

不压抑对于喜悦的表现，很直接。无须对什么感到踌躇，反应像野兽一样直白。这是极致的拉丁风格，是不带犹豫的决绝，但同时这里又必须有进行批判的自己。在觉得美的时候，毫不犹豫地作出反应。以及，必须要同时存在"为什么觉得美"的自我评判。

041 在北京

skmt在演出中从舞台上跳到观众席。他在舞台上对着一位观众一直说"你，能不能给我停下来？"那位观众一边说着"知道了"，却又一边继续拍照。因为保安和团队都没动，所以他生气了，从舞台上跳了下来。那位男子放弃了拍摄，他也再次回到舞台上。他用英语向大家做了一个声明，因为一个人而给大家都造成了不愉快，他为此感到遗憾。观众和乐队成员都回以掌声。

　　这个国家，还是必须得崩坏一次才行。有崩坏的必要。因为我觉得崩坏之后，幸存下来的才是真实的。因为没有战争，所以无法打破。这话不仅限于日本。柄谷（行人）曾经说过，美国也正在不断变成这样。我移居到美国一开始想到的就是，美国已经开始忘却越南战争了。今天偶尔看了一下 CNN 频道，里面说现在的美国正在返回 1950、1960 年代。换言之，就是在返回越南战争前。虽然美国以前在内部对黑人、东亚人有所歧视，但现在却是不限目标，处于一种没有敌手的状态。日本也是一样吧。这种"扭曲"是巨大的。

节选自日记　　　　　　　　　1996年9月20日 ○ 纽约

　　由巨大网络弹奏的音乐，
　　会发出什么样的声音呢？
　　是没有中心的音乐。

在俾格米矮人族或鲸身上有提示吗?

节选自日记

1996年11月12日 ○伦敦

在伦敦的第一夜。晚上10点就寝,
3点醒了。正在写邮件。今天是美
国的Veterans Day(退伍军人节)。
CNN频道中播放了越南遭遇汽油
弹袭击后背燃烧,裸身奔逃的少女
的画面。落下泪来。看到现在非
洲发生的惨剧也会落泪。让孩子
们受苦的人,都应当受到处罚。
同为人类却彼此自相残杀,而鸟儿
依然优美地歌唱,天空也依旧那么
美。那么,音乐是否也应该这么
存在呢?

节选自日记

1996年12月6日 ○纽约

f "救赎" 的章节。

疑问。为什么庭院里的树木只有

树枝前端是白色的呢？

所谓完美的"美"，是指自然吗？

美与舒适是无缘的。

（略）

傍晚时散步。

我在《纽约时报》（*New York Times*）的网站上下载了南斯拉夫的游行中一位女孩向警官递花的画像，我在这里看到了1960年代，忍不住落下泪来。

043　即兴／讨厌即兴　　1996年12月16日○水户

　　skmt在水户艺术馆ACM剧场里，和影像艺术家岩井俊雄合作进行了仅此一晚的演出。他弹奏的钢琴声，通过岩井俊雄的电脑成为纷杂乱舞、抽象变化的影像，是这样的一个内容。不仅是声音/音乐的视觉化、影像化，而且是音乐受到影像的影响而进行的变化。只有一个"music·plays·images/images·plays·music"

的题目，没有曲目或是作品名。

　　小小的舞台上放置有2台MIDI钢琴。钢琴从满满占据着舞台的、巨大的"半透明"银幕上突显出来。钢琴的内部结构和琴键浮现在黑暗中。钢琴旁放置着好几台电脑显示器，用于操控影像。正方形的蓝色背景银幕。当他开始弹奏钢琴时，就会从钢琴内部涌现出光的碎片。这些光的碎片就好像鱼群一般呈螺旋状旋转游弋，或是从银幕的中心向外呈放射状扩散开来。光之鱼。三角形的魂魄。漂浮感。美貌的青空。无须压抑。流淌。所有一切都在流转。纺锥形宇宙般的形态。它们变作花、漩涡。随着乐曲而变化，抽象的光影运动也不断在变化着。末代皇帝、白色的光柱向天空延续。情感回应。断片、变奏与重复。不，差异与重复。我们记不住重要的东西。他衬衣的颜色是棕色，头发的颜色。他抬头向上看着影像的表情。这一切都在记忆中消失而去。

　　skmt讨厌所谓的即兴。关于斯蒂夫·莱奇（Steve Reich）的音乐，他在和岩井的沟通中曾说："人们演奏的重复的（repetitive）内容，如果流畅顺利的话会非常让人兴奋。我们称它为'人声电音'，我自己也很喜欢。……重复特定的乐句，会让人心旷神怡。"

音乐会的第二天，我发送了邮件给他，问题是"在昨晚的舞台上，你展开了一种怎样的体验呢？是一种可以称之为'未知'的体验吗？"

3天后，我收到了他的回信。回答如下：

　　现在，感觉有点惭愧，但我正在寻找好似"原点"一样的东西。

　　虽说是"原点"，但并不是什么大不了的回归，而是诚实地由我自己发出的、好像"歌曲"一样的东西。

　　排除了理性或是理论或是技术或是市场需求之后，最后留存下来的东西……

　　这一次 f 的新曲也是一样。

　　我想，在水户，我看到了这首"歌曲"。

　　静候，你的回信。

从12月初开始着手，他只用了两周时间就完成了为f而做的新曲。实际上，直到11月底，他都想着将原有的乐曲修改成交响乐用的形式。当三重奏的巡演结束回到纽约之后，原本应该马上开始的操作却脱节了，无法进行作曲，但时间就这么过去了。提不起兴趣对以往的曲目进行重写。三重奏巡演刚结束，在这一余韵之中，如果只是改编成交响乐使用的编曲，重复和以往同样的内容的话，是没有干劲的。他就这么想着，过着日子。

觉得自己也只是在偷懒吧，但有一天在纽约，我在梦中突然觉察到了，自己对改编过去的曲子这件事本身不上心。啊，所以才没有进展啊。那就必须写新的曲子。在梦中就作出了决断。然后，醒来就马上给大家发送了邮件。"在梦里决定了，写新的曲子。"打开电子合成器开始了工作，5小时后，就已经完成了曲子的构想。那是一首四个乐章结构、大约1小时时长的曲子。

045 悲　惨

G　　迄今为止，你觉得最悲惨的事情和
　　　时刻是？

S　　我觉得悲惨的事情实在太多了，多
　　　到烦恼。世界上充满了悲惨的事，
　　　我曾经有一段时间无法收看新闻。
　　　看到无能为力的自己，也觉得悲惨。

046 *f untitled 01*

　　前不久发生在扎伊尔[①]和乌干达的难民
危机，是这首曲子的动机和诱因。一瞬间就
产生了四个关键词。非常单纯但又非常强烈
的词："悲伤""愤怒""祈祷"以及"救赎"。

　　四组曲子，完全没有类似起承转合的构
造。它们是"情感的风景"。这四种感情也
许不是用"救赎"或"祈祷"这样的词语可
以概括的。如果说是四个"平面"的话，那

　①　　译者注：1971－1997年间为扎伊尔，现恢复刚果共和国名称。

里也并没有叙事性的结构。排除了在一个乐章中有山有谷那样的音乐故事性，只是"情感的风景"的一个延续而已。例如，"祈祷"的话，那就是一直延续"祈祷"这一精神状态的地平线而已。没有叙事性结构。（用语言来说是有点不好意思，不过）在作曲时特别意识到的是平稳，是高原状态。

047　给20世纪的安魂曲

这两年来，和浅田（彰）君的电邮来往或是会面时，说起来的话题都是20世纪的世纪末也是一个"千年"的世纪末，有必要给20世纪做一首安魂曲。我之前并没有针对20世纪这样的意识，而且已经有很多作曲家写过安魂曲了吧。莫扎特、维瓦尔第、福莱都写过，我虽然也想过写安魂曲，但对于镇魂这类的内容却没有兴趣。不过，大约2年前，我脑海中却突然出现了必须创作安魂曲的念头。虽然扎伊尔、非洲的动荡危机直接成为创作 *untitled 01* 的导火索，但在某种程度上是对 20 世纪的音乐、艺术和文化的一次表达。我想也有安魂的意义在其中。

而且，对我来说，自己的音乐学习过程和 20 世纪音乐的发展过程是重叠着的。那么，在 20 世纪的音乐中，又有什么对于自己的音乐来说是必需的呢？又要继承什么带去 21 世纪才好呢？还有什么是不需要的呢？进行这些内容的切换，我想，是现在所必需的。

048 在20世纪的终结时

G   人类的黄金时代是什么时候呢？

S   到 1970 年之前。

G   请给新世纪下一个预言。

S   要偿还 20 世纪欠下的债。

20 世纪正在落幕，但"疑问"不但没有

消失，反而越来越多了起来。众多的动荡危机，人类最后能否互相拯救呢？而想要尝试解答这个问题的、创建了 20 世纪的人们，曾留下了历史足迹的伟大政治家、文学家和电影导演，都已经不在世了。

049　过滤器

我觉得我自己就是一个 20 世纪音乐的过滤器。无调音乐、十二音技法、电子音乐、序列音乐，以及极简音乐，现代音乐就到此为止了。在这些风格中，既有有趣的内容，也有无聊的东西。我吸收对于自己而言必要的内容，舍弃不需要的东西，这样就行了。极简风格也好，约翰·凯奇（John Milton Cage）也好，利盖蒂·捷尔吉（Ligeti György Sándor）也好，都将它们当作碎片吸收到自己体内。

听着音乐，我会把喜欢的"某种声响"单独采样下来反复地播放。但这么一来，把它变成浩室音乐（House Music）了。我喜欢这样的"瞬间的声响"，它在阿诺德·勋伯格（Arnold Schönberg）的作品里也有，安东尼奥·卡洛斯·裘宾（Antônio Carlos Brasileiro de Almeida Jobim）的作品里也有，菲利普·格拉斯（Philip Gl-ass）的作品里也有，贝多芬的作品里也有，斯蒂夫·莱奇的作品里也有。它大概和我音乐中的最小单位有关。它就是音色了吧。用小提琴的音色来说的话，和弦其实也是音色，是这个音和那个音重叠起来创造出来的声响。当然，所谓音乐，因为是时间的艺术，虽然也需要结构的感觉，但对我来说最优先要考虑的，则是"那一瞬的声响"。一直倾听着它是否在发出"好的声响"，哪怕只有瞬间，但只要有了"好的声响"，那它就会嘣地一下子

存到记忆里去。那位作曲家的哪首曲子的哪
个部分里有着"好的声响",会让人如此这般
地记住他。我想,那大概就是我的音乐的最
小单位了。

051 音乐的恩宠

G   音乐的恩宠是什么?

S   是可以将数学、建筑和性融为一体
     的事。

052 反复与变化

我觉得只是反复也已经很充分了吧。如
果在反复中添加变化的话,似机械故障般的、
那种自动的变化我也喜欢。

053 祈祷的音乐

skmt在作曲。他将主题在电脑中像素描形式般逐渐打磨成型，播放出来看看模拟它需要多少时间，是否可以使用。不断在思考其他还有些什么？因为自己已知的音节组合已经无趣了，有时候让自己尽可能处于无意识的状态，或是恍惚的状态，尝试导出并非依靠理论和技法储存下来的东西。

现在，他想要写的就是"祈祷的音乐"。

想要创作"祈祷的音乐"的时候，如果不了解内心的状态，是写不出来的。那么，就必须真的心存祈祷了。祈祷的实验，即将自己沉浸到祈祷的状态里，好好地洗耳恭听，从那里会产生出什么样的音乐呢？不过，也很有可能什么都听不见。所以说，虽然有很多祈祷的人，但并非有祈祷就会诞生出音乐来。因为我是音乐家，用自己来进行实验，探寻、体验祈祷状态中的音乐是什么样的，是我的职业。这是我迄今为止没有体验过的事情，就算到达了这就是祈祷啊的地步，在那里自己又想听到什么样的声音，又想发出什么样的声音呢？好好地侧耳倾听。但有时，它达不到自己认为的音乐的程度。

"祈祷的音乐"最后是作为音色出现，还是作为旋律出现呢？

如果只是凭借"瞬间的声响"，是无法创造出一种哲学或精神的状态的。它必须要有一定的时间上的长度，也就是说虽然是旋律，但在其延展出来的时间轴上必须要有音色的变化。不过，我自己则尽量使用只有单个音的、"极简"的最小单位，换个说法，努力去简单地将与"精神领域"相匹配的、简约的声音表达出来。想要进入某种心理状态，但若听出了为表达而存在的技术，那就是一种干扰了。在思考表达的时候，一般会有想要表达的内容，或是原因，或是结果，虽然容易把它想象成感情纠葛戏，但对于我来说的内心状态，是与之截然不同的内容。它既是持续10分钟或15分钟的声音的"高原"，也是上山又下山那样的状态。

话虽如此，但活了 45 年，要自己在脑海中形成祈祷的状态，这样的事情真是从未想到过的。对自己提出问题进行思考实验，真是让人紧张到心跳加速。

054 感 情

他花了 25 年时间去接近所谓的"感情"。以往，只要听到有人说"音乐是感情表达"或是"音乐让人鼓起勇气"这样的话，他都会感到气愤甚至想要动手打人，但他却又比任何人都想要去接近"感情"。

055 是否被打动?

关于作曲主题的优先度，这当然是由作曲家的年龄，即留在未来的时间长短来决定的。又或是，在人们到处奔忙的这个时代里，在缺乏时间的生活里（哎呀，根本没有听音乐的空啦），也根据向他们提供怎样的音乐体验来判断决定的吧。

作为外观、时装而存在的音乐，作为创作音乐的动机而存在的"帅酷"，无论是夜店 DJ 也好，皮埃尔·布列兹（Pierre Boulez）① 的 serie 音乐（十二音序列）也好，都有着这一共同的动机。但也正因如此，那里面又有着些什么呢？

不仅仅是感情，而是去打动和被打动。对我自己来说，这些东西会优先成为主题。接下来的 15 年，就算一年创作一部大作，也只不过 15 首曲子。"感情"，在我自己心里也是优先度高的主题。如果见过 Comme des Garçons 的作品，就会明白设计师川久保玲在创作上投入了多少精神上的高度紧张和想象力。有真的打动人的东西和被触动到的东西。相对于关心表面上的帅酷有型，我只对自己创作出来的东西是否打动人心感兴趣。

---

① 　译者注：法国作曲家、指挥家。

056 独 白

　　为什么在做自己曾认为最不擅长的事情呢?

　　为什么不曾有过期待却走到了现在这一步呢?

057 震 惊

　　因为想到了接下去的内容,所以写下现在的感想。

　　有趣吗? 还是无趣?

　　想要兴奋到起鸡皮疙瘩,想要紧张得心跳加速,想要刺激,想要震惊,所以才这么做。

058 虚拟／现实

在虚构的、想象的世界里，会出现什么样的声音呢？我在脑海里任由其肆意地发生。是什么样的声音、有什么样的回声，以什么样的轻声流淌而出，甚至会想象它会发出怎样的光芒。倾听自己不曾到过的地方、不曾做过的事情的声音，并尝试将其还原到现实里。所以，他在想象之中诞生的产物，在他人看来既是虚拟又是现实。相反，对于针对现实创作出的实际音色，即便在他人看来是真实的，对他来说却是虚构的，不过只是"一个假设的答案"罢了，他说"可能也有其他的答案"。

059 什么样的音乐？

要将什么样的音乐继续做下去呢？并没想过。为了谁而制作的、带有目的性的音乐反而是简单的，但对我来说却无趣。所以，找不到为了什么而做的、不带有目的性的音乐，才是我这个人想要去创作的。只有这个原因被孕育诞生出来的音乐，才是我要做的创作。

060 恐 慌

对于我来说的恐慌，是"无法挽救"的恐慌吧，是人类无法拯救自身的恐慌。但是"去救人吧"这样的口气似乎又太过傲慢。不要放弃努力，有权利说这话的人，我想一个也没有吧。

因此我想要做的是在不同的人的救赎中收集元素。可能对有的人来说，只有"性爱"是救赎，也有人觉得家人的爱、志愿工作、面包、水和钱财才是救赎。这些统统都是救赎，但又无法同时都成为救赎，我想要展示的就是这种状态。

小小的国家里，小小的部落间的内战，人们相继死去，但事态又让人无能为力，是"救赎"关系并不成立的状态。这种危机，才

是真正深刻的恐慌磨难。类似的事态，今后
会在地球上的各个角落发生吧。

061 白痴状态

创作音乐时的状态，是无法说话的状态，
所以，是一种白痴状态。几乎是在无意识状
态中创作。虽然说确定了音色，但那里又有
无限的点存在。那么，侧耳倾听、在某个点
停顿、必须是这样的音色，这些都是在白痴
状态里明了的。为什么必须是这样的音色呢？
这完全无法用语言说明。开始摆弄电脑，自
己就会进入无意识状态，自己脑袋里有什么、
自己的体内积聚着什么，都会变得清晰起来。

062 明 亮

特别明亮是很危险的。

063　不解决状态

　　我不擅长使用语言，说不出来啊，的确如此。因为不完全，所以表达不出来，也不会说"没有救赎"或是"想要拯救"这样的话，特别是语言上。在听完 *untitled 01* 的时候，如果觉得"坂本是在说有救赎吗？还是说没有表示绝望呢？不明白是哪一种"，听众们能这么去想的话，就成功了吧。因为两者都不是。我想要忠实地表现出这种距离感的状态，并为此大伤脑筋呢。

　　不去说带有结论性的话，又要怎样才能做到终结呢？

064　历　史

　　住在纽约的时候，隔壁的一位老奶奶是纳粹大屠杀的幸存者。现实总是被历史粗暴地伤害着，而身处日本这一空间，却觉得离那一段历史无限遥远。

065　柄谷行人

　　skmt从纽约出发返回日本的前一天，偶然遇到了柄谷行人。他摆弄着8毫米摄影机，就"拯救"这个话题尝试采访对方（这一影像，配合 *untitled 01* 的第四章"salvation"在演出中播放）。他问道："对于当今的人类而言，还有救赎的理念吗？"柄谷行人说："在人类历史中，以战争、宗教和政治的名义死去的人难以计数。这些死者的亡魂，恐怕谁都无法拯救。我在思考唯物主义的政治，啊，不过也只是思考而已"，然后向他进行了说明。

　　首先，应当记住所有的亡者。以个人为单位，都有谁、他们带着什么样的感情、是如何生活的，将这些内容全部数据化之后保存为记忆。犹太人竭尽所能地收集在大屠杀中受害的600万死者的信息，并录入到电脑之中进行数据化处理。

　　在人类史中，到达了最后社会的人（例如现在的我们）才是最被"诅咒了的"。为什么这么说？因为这些人的现在，是在无数死者的基础上成立的，所以要记住每一个人的、小到个体的世界史。只有如此才行。历史或是报道，将死者数字化，变得干巴巴、光秃秃的。

066　海湾战争以后

我觉得在海湾战争之后，自己也有了变化。因为在那之前，我对"情绪（emotion）"并没有什么兴趣。而那场战争，是我移居到纽约不久后发生的。在我十几岁的时候，虽然也发生过越战，但现在却第一次有了自己认识的人有可能会死在战场的这种切身感受。1980年代，我身在日本，虽然处于后现代主义的知性游戏之中，但也同时遭遇了它的崩溃时期。更为现实地，或者说亲身经历真实历史的经验，对我来说意义重大。

067 战 争

G   战争从地球上消失和人类灭绝，你
           觉得哪个会先到来？

S   战争消失。"核"现在依然是抑制
           力，也有其他无数拥有抑制力的科
           技吧。麻烦的是，抑制了战争的
           人类的斗争本能该如何去释放。

068 致他人／致网络

电脑虽然使自己的大脑外部化了，但在
没有网络的情况下，就是一个闭环。在那里，
没有"外人"出现。没有外人这件事，很后
现代主义了。而且正值1980年代，自然而然
就走向神秘主义了。虽然一直觉得那是错的。
是呢，必须要与其他人互相接触才行，和
"语言"不同的其他人一起。然后到了1989
年前后，我放弃使用电脑，和冲绳的人们一

起，尝试创作了 *BEAUTY*；另一方面，当时正值 sampling 采样混音^①的全盛时期，充斥着浩室音乐。但倒霉的是，因为是和世界音乐（world music）在同一时期创作的，所以被认为是类似产物（笑）。就好像同是磁铁的北极一般，互相排斥，于是我慌忙逃走了。

进行三重奏。弹钢琴。不过互联网也在不断扩大。其缘由，我自己也不清楚。但我想，这两者令人颤栗的地方我都喜欢。

有人将网络称作是"新媒体"。新媒体这种说法在唱片转变为 CD 的时候或是 DVD 出现的时候使用过，但我并没有为之那么激动过。我觉得，网络是位于"新媒体"之上的一种存在。为什么这么说？因为在网络上有着和我们的社会、世界完全相似的东西，不是吗？而 CD 里面不存在这样的社会吧。

而在网络上，爱和暴力，悲剧和喜剧，全部都有啊。

---

① 译者注：引取现存录音、音乐的一部分作为一种音色或片段，直接或经过处理、重建再运用在新的作品里。

069　一笔到底般的演奏

类似互联网的电子远程通信会变得越来越发达吧。联系他人的线路，延伸到了整个地球。但是另一方面，许多其他"技术"也会逐渐消失吧。音乐的技术也好、心理的状态也好，都会极速消减下去吧。他在思考要用天才书法家一笔到底般的方式去进行演奏。生产造物的人会逐渐从日本社会中消失吧。这种"复仇"一定会在不久的将来到来。"经过磨练的、为接触现实而存在的'技术'是必需的"，为了在残酷的现实中生存下来，就将直面这种自相矛盾的悖论。

070　意大利／韩国泡菜

音乐以外，我想做的事情。意大利的乡村有一户15世纪前后建造的农舍，我买了下来。在今后10年左右的时间里，我将一年在那里生活3个月左右，这是我的梦想啊。我还想自己花功夫来制作好吃的、自己想吃的韩国泡菜。请韩国的老妈妈来教我吧。韩国泡菜是"反日本式"的，而且可以放入各种食材，感官上也是层次丰富让人享受的食物吧。除了做泡菜，我还要做红酒。还有意大利产的韩国泡菜，一定会放很多番茄吧（笑）。

071 任性地逃走

被动接受商品和信息，然后进行消费的孩子们，在短时间里一边继续消费，一边了解到所有的都是骗局。虽然这的确很痛苦可怜，但我根本不想去搭理他们，没法给予认同。那里面没有拯救。这种感情可以说很不地道了，但也很清晰。我讨厌它，所以任性地跑走了。戈达尔导演有一部电影，名叫《各自逃生》（*Sauve Qui Peut*）。戈达尔导演真是一种救赎啊。类似《永远的莫扎特》这样的片名组合，本身就是一个小小的奇迹了。他作曲、写诗、绘画、上网，还有各种小小的奇迹。这就是救赎吧。

072　小小的奇迹

不是歌曲，只是语言。既没有变成声响，也没有变成诗词的语言，仿佛是小小的奇迹般的语言碎片，将自己不知所措时吐出的语言采样存录下来。类似声响般的东西，瞬间的、相当小的单位的。这是我下张专辑的计划。

073　歌　剧

没想过会一辈子都喜欢。

尽管如此，却不知为何被其吸引。

也许是因为在拉丁语里，歌剧等于"作品"的复数形式吧！被这样的语意所吸引。

我其实是讨厌歌剧的，也从来没听过。不懂，印象上也不喜欢。不知道为什么自己会对斯皮尔伯格的《第三类接触》（*Close Encounters of the Third Kind*）特别有感触，但其中就会出现让我有所感触的章节。制作山的模型，去寻找它所在的地方，就是这种感觉。尽管我不喜欢歌剧，但却会被它所吸引。

从日记中摘选　　　1997年1月17日○东京/仙台

仙台公演之日。45岁的生日。海湾战争爆发的日子。阪神大地震纪念日。山口百惠和穆罕默德·阿里（Muhammad Ali）的生日?（略）

从日记中摘选　　　1997年1月26日○东京

想"泡个脚"然后早早地去睡，但电视里开始播放纪念总统就任的演唱会。真厉害啊！看着电视，连我也不禁会觉得变成美国的公民也不错啊，会觉得美国有种家般的存在。觉得累了，就在詹姆斯·泰勒（James Taylar）和艾瑞莎·弗兰克林（Aretha Frankin）唱完时睡了。现在的美国依然存在着从紧迫状态中解脱出来的人们的认真模样。所以会有青涩幼稚，也会有肥皂剧般的情况。圣与俗。"我们的祖先是被强行带到这里来的。黑人甚至不被允许书写。所以我们把内容刻印到了歌曲和旋律中去。这一瑰宝就是现在美国音乐的丰富性。"一位黑人女性在总统面前这么说。

从日记中摘选　　　　　1997年2月7日○伦敦

（略）听卡尔海因兹·斯托克豪森（Karlheinz Stockhausen）的 *Etude*、*Studie I*、*Stu-die II*，高桥悠治的《音乐的教程》等。不知为何这几年并没有把听音乐当作是必需。为什么呢？但 *Studie* 却总有让我想要倾听的内容。它不仅仅是怀旧的，同时也很现代。最近在听《赋格曲的技法》和《音乐的奉献》。依旧是一个音一个音地认真倾听。是呢！和饮食一样的，耳朵变得只对极致的东西作出反应了?（略）

从日记中摘选

5点20分起床。感觉像喝醉了，或是感冒了一样。全身软弱无力。昨天早上，正确来说，从前天晚餐开始，我就只摄入了流质，是否需要继续这样断食下去呢？（略）

从日记中摘选

今天早上7点起床了。昨天双手双脚麻痹了一整天，但今天症状都消失了。不过，已经持续了5天的左膝的关节痛还在。仿佛是之前左脚的疼痛转移到了膝盖，行走也有些困难。读完了野口晴哉的《感冒的功效》，现在正在读《愉气法1》。

从日记中摘选

11点醒来，给后藤氏打电话。1点过，后藤氏来了。我们一直聊到4点，然后搭他的车去六本木。我在WAVE商场购物，买了威尔第的《奥赛罗》、德里克·贾曼（Derek Jarman）的《肖像画》（*A Portrait*）、保罗·鲍尔斯（Paul Bowles）的《摄影》（*Photographs*）、武满澈的CD等。6点回到酒店，在暗下来的光线里，听着格伦·古尔德弹奏的《赋格的艺术》（*The Art of Fugue*）小睡。8点左右起床，看埴谷雄高的视频。

我觉得淡淡的光线和黑暗也都很不
错。我很容易被影响。

为了治疗膝盖，有必要矫正身体姿
势，有必要让身体记住正确的姿势。
购买钢琴可能比较好。

1997年3月17日○东京

在新宿的酒店，看《攻壳机动队》和《新福音战士》
的视频。关于记忆和整体的书籍在书桌上堆积起来，很
显眼。

074 电影的瞬间

在电影里，必须要有一个奇迹的瞬
间。例如，在小津安二郎电影里的，持续好
几秒钟、只有蓝天的画面。我喜欢纯粹去观
看事物的、视觉上的喜悦，讨厌故事性没有
表里合一瞬间的电影。说得极端一点，像安
迪·沃霍的电影《沉睡》(Sleep)和《帝国大

厦》(*Empire*)那样，没有说明和故事，只是延伸时间，仅仅通过视觉的连续就完成的电影，那才是理想的吧。

075 片段／蒙太奇

我的灵感基本上都是片段式的，然后是怎么排列这些片段。日本新浪潮电影的蒙太奇就是拍摄片段的素材进行剪辑制作而成的，我觉得自己与之很相近。进行蒙太奇拍摄的时候，既可以把它变成已有的承上启下的音乐段落格式，也可以不用排得很整齐，只是作为原始素材放到一边。

076 差异与反复

G　　会觉得与主题产生差异吗？

S　　嗯……可能会有所不同。所谓主

题，会要求有向心力。

G　你是说一开始就没有向心力吗？

S　没有没有没有。我的话，有时候是片段，有时候是循环。虽然我觉得"差异和重复"是理想的，但这么做的话却并不受欢迎。

077　电子合成音乐文化／故事性

类似电子合成风格的音乐并不像游戏或动漫那么受欢迎。听众如此之少，是什么原因呢？结果，就算说是电子合成文化也好，玩游戏的人可能还是喜欢故事性吧。音乐也好游戏也好，如果中间没有变化，感觉器官马上就会厌倦了。为了产生变化，还是需要有一些故事性才比较容易组成。大多数的人即便被故事性所"收买"，也不会感到不愉快，这是为什么呢？

　　蓝图。不仅限于音乐，所有领域都有自己的蓝图。电影圈，特别是好莱坞，在书桌上对主线进行无数次的修改，在可以百分之百看到全貌之后，才会开始展开故事的创作。建筑也是，不存在这一部分还不清晰就先干起来再说的情况。无聊的流行歌曲，也是从蓝图状态诞生的。

　　但是，不试试看怎么知道结果呢？我自己就很不擅长制作蓝图这样的东西。像戈达尔导演那样，既然天空是蓝色的那就先拍摄起来；既然那里有个男人那就先展开故事。虽然并不是有意识地受他的影响，但原本我就喜欢这种感觉，而且一直都在看他的作品，所以我觉得有受到他的影响。

　　从这个意义上来看，受影响最大的是德彪西。他每个瞬间都是创作性的，即所谓的独创性（inventive）。当然了，即便是戈达尔导演的电影《中国女人》似乎也有大纲主线，德彪西也有类似蓝图这样的东西，但优先程度却很低，更可以说只是持续着"创造性的瞬间"去追求听觉上连续的喜悦。我想，德彪西在作曲过程中并不自知要去向何方。作曲行为也是某种即兴。

079 脱 轨

G　你是从哪里知道脱离常规的方法的?

S　中学时是德彪西，高中时是沃霍，之后是戈达尔。

080 电脑与音乐

skmt知道电脑是在1970年，大学一年级的时候。也正是那个时候，伊阿尼斯·泽纳基斯（Iannis Xenakis）的弟子高桥悠治回到日本。在美国使用计算机来创作音乐的潮流1950年就有了，约翰·凯奇也有使用电脑作曲的曲目留存。针对计算机科学和音乐为主题的研究，诸多大学设立为课题，但作品却都是平凡无奇的东西。而在这个时候，将电脑单独带进音乐里的人就是泽纳基斯了。

而我，则想要借由计算机来把自己的痕迹消除。

我真的很痛恨在自己身上积累起来的传统和习惯、规则和理论。不是凭感觉来改变一个音一个音，而是先大概想好某段时间内的音色状态，导出表达的形式，让电脑来进行计算。不过，泽纳基斯从某种角度上来讲也还是传统的音乐家，会想象某段时间内的音乐的感觉。虽然是很笼统的说法，不过泽纳基斯会柏拉图式地想象乐曲的理论，然后使用电脑来作为表达的手法。但我却觉得，理论这样的东西有没有都无所谓吧。

完全是随机的，发出声响。和泽纳基斯相比，我觉得自己的感觉更接近于约翰·凯奇。泽纳基斯将电脑作为手段来使用的方式是很激进的，但我觉得他创作音乐的构造和

哲学却是非常传统的唯心主义。在消除主题
或是意象的意义上，约翰·凯奇的激进遥遥
领先。而我对约翰·凯奇产生的共鸣，也是
从消除自己痕迹的这一冲动而来的。

081　奥特Q

现在打游戏的人群是20多岁、30多岁吧。
这些人都是看着《奥特曼》长大的一代人吧。
而我这一代幸运的是，我们并不是《奥特曼》
而是《奥特Q》的一代。它是非常碎片化的，
带着悲伤。没什么故事，有时扮作鱼，充满
了生存的苦涩。

《奥特曼》之后则完全成了"故事"吧。
因为大家都是收看《宇宙战舰大和号》之类
的动漫一代了。所以游戏中的故事性也很强，
廉价的神话主题也一样会有人"买单"。朝着
一个目标，到处暴走获取胜利的游戏模式很
无聊。我建议制作游戏的人重新读一读中上

健次、埴谷雄高的书吧。

082 感冒这件事

　　野口晴哉这个人的思维方式，实在让我大吃一惊，他把得了感冒这件事想作是身体对自己进行治疗的行为。所以出现感冒发热的现象，并不是生病，而是人体升高温度去消灭侵入到体内的病毒和细菌，是这样的一种思考。又或是，人体吃到了有害的食物，上吐下泻是为了快速将其排出体外。如果吃了感冒药或止泻药，就会削弱原本要将它们排出体外的身体功能。所有的物质都可以在人体内产生，那么通过药物去摄入这一物质的话，自己生产的功能就会弱化。得了感冒应当欢喜，拉了肚子理应感谢，这么去想才好。对此理论，我感到眼冒金星，不知所措。

　　为什么这么简单的道理，我之前一直没明白。

083 意象力

当孩子说想要拆掉自行车的辅助轮自己练习的时候，让他想象"只要一直往前骑就可以了"，那么大概五分钟之后他就突然自己会骑了。只要拥有意象力，想象一秒钟之后人就在前方的话，大脑就会自己计算，不需要特意改换肌肉的使用就可以骑起来。可以把这叫作气的意象或是想象力，我想人类就是依靠它来抓住有些东西的。合气道也是一样的道理，有着不是依靠"肌肉"的身体的用法。虽说是把人背摔出去，但并非单纯物理性的肌肉的使用方式。真的是，只是接触到就摔出去了。音乐也是一样，下一个音的强弱，不是用力气去控制弹奏的，而是一种意象的凝结。梦也是，瞬间的凝结。作为一种全息影像般的、累积起来的凝结物，"嗖"地跳出来。有的人才华出众，像莫扎特那样，能把30分钟时间凝结浓缩为一瞬间紧紧抓住。而我，大概能抓住5分钟、10分钟吧。

084 感官性

对于skmt来说，只有在摆弄电脑、爱惜电脑时才是性感的。他甚至做梦也在敲打键盘。

085 想睡的时候就睡，想起的时候就起

没有养生健康的志向，但我觉得，人类是带着某种优秀的身体功能诞生到这个世界上来的，却因为社会性的日常工作、规则和习惯，变得扭曲、歪斜。必须几点钟去到哪里，对身体来说都是很可怜的事情，所以想尽量让它恢复到自然的状态。身体其实都知道。所以，肚子饿了的话去吃就好了。一日三餐这样的事是谁决定的呀？

我尽量不在睡前读书，尽量让自己放空，哪怕5分钟、10分钟也好。放空才能让身体休息。这么一来，睡眠时间只有3小时也足够了。我不会去规定到几点了就必须要睡。

简单来说，就是想睡的时候就睡，想起的时候就起。

086 自 己

我虽然喜欢我自己，但却信不过，更是完全没有自己是绝对正确的，或者要与世界对立的想法。我信不过自己。

如果置之不理，我很容易就会进入"只要我自己就好了"的状态。为了纠正这种行为，我强烈希望他人的介入或召唤。

087 爱

爱，或者恋爱，是救赎啊，用它可以治愈大多数的疾病。

　　"独创性"，并不能和"即兴"画上等号。"即兴"里面，实际上有很大一部分是学习的结果，而"独创性"则是发明，因此，我们所必需的"答案"并不是什么结构性方法，而是源源不断自己涌现出来的，有这么一种画面感。为了达到这一步，"教养"就十分必要了。而且要把自己一直"打开"，必须让自己可以放轻松下来。不要用蓝图来进行武装，而是每天都必须发呆（笑）。体内存储着巨大的数据库，每次都能马上拿出正确的答案来。我自己意象中的独创性音乐就是现在正被创作出来的音色，和与之相邻的，对还没有出现的，但是有可能性的未来音色来说也是正确答案的那"部分"，彼此相互交织下去的画面。它既不是数据库里的检索，也不是所谓整体和部分的整合性。

089 诗 歌

关于诗歌，这首诗是否"正确"看了就会明了吧。现在的文化，将前提说明作为了必需，但删除前提直接成立的，我想才是诗歌吧。将德彪西视为发明者就是这个原因了吧。在这段时间里面，在分配到这段音乐的时间里面，创造出最正确的音色，这就是诗啊，也是诗意的。所以说，真正"正确的诗"，还是"勉强用知识堆砌出来的诗"，一眼就能明白。泷口修造也是，并不是所有诗都是有趣的，但即便是毫无脉络地将语言排列在一起，也有诗。在德彪西的周围，也有很多"模仿者"，但谁都没有名留青史，留下来的就只有那些能成为诗歌的表达。

090 法布尔／晨读

阅读法布尔《昆虫记》的skmt。法布尔非常仔细地观察昆虫，发现了它们可以称为奇迹的身体构造和生态体系。正因如此，法布尔既不阅读圣书，也不去教会。他说，对于知道奇迹就发生在眼前的人来说，这些已经没有必要了。晨间，阅读法布尔。

东京有很多小趣事。人们虽然使用语言，但我却有点不相信这些语言。和昆虫的行为不同，即便人们将自己创造出来的小趣事不断累积起来，我也不觉得那会变成什么了不起的大事。

091 埴谷雄高／遗体

"我觉得黑暗也挺不错的啊。"

在收看作家埴谷雄高的追悼会采访节目的回放时，skmt这么说。

他接受邀请，向大家报告前往埴谷雄高的追悼会时的情景。新宿寺庙的大厅挂着照片，有康乃馨和为数不多的鲜花，其他就只有棺木中的埴谷雄高的遗体了。埴谷雄高已经身故四天了，但那半透明白蜡面具般的下颚处却长出了邋遢胡子。如此目不转睛地看着遗体还是第一次，所以，和埴谷雄高已经死了的事实相比，死后胡须还在继续长出这件事反而让他感到震惊。

所以说，所谓现在重大的世界危机，是因为把包括人类在内的生物当成"物质"了吧。胡须还在生长，甚至可以说是还活着，但埴谷雄高已经故去了，那么活着的人和死了的人的区别又在何处呢？所谓人体，是由水分和氮素等物质组成的，收集起来，这些元素大概也就只值37日元（约2元5角人民币）。将这些物质收集起来，装进瓶子里晃一晃，并不会变成人或生物。生物成为生物的部分，并不是"物质"的拼凑。生物不是"物"。最近，出现了克隆羊，虽然这引起了关于人类科学创造了生物的争论，但只是利用已经存在的羊复制出相同的东西而已，并没有赐予它生命的灵魂。

普通音乐家容易看漏的、看上去无趣的音节的排列，由富尔特文格勒（Wilhelm Furtwangle）一指挥，就会让人明白这有多了不起。换言之，对他而言那就是音乐，那就是主题。这形成了一个超越结构和理论性的世界。就算是哆来咪这样的音符排列，轻轻地弹奏和响亮地弹奏，即便在理论上完全一样，在音乐世界里也是大相径庭的。尽管我们把它称为音乐。但对于现在使用着 MIDI 这样的设备，就算是技术上非常优秀的年轻人来说，我仍觉得他们在音乐上的不可思议性、神秘性，即音乐性上还是很欠缺的。就好像是生物这一存在本身，并不是"物质"的拼凑，而是有着"呼吸"那样的东西，因为有了气息，所以物质的集结才成为生物体。无论在 MIDI 设备中如何精密地组合完成，依然没有达到富尔特文格勒那宛如上帝吹了口气般的"哆来咪"的境界。已经没有了魂魄，尚有缺陷啊。

所有的人类，都是魂魄不全者啊。

093　原始音乐

要不要开办原始音乐教室呢？所谓音乐，只要拍打就会发声，拍打方法不同，音色就会变化，道具与素材也千差万别。取个名字，就叫原始音乐。原始主义的，原始的音乐。拍打、摩擦、自己的嗓音也可以。这些叫作行为性吧。不过，所谓现在的音乐，是没有体验过"击节而响"的人们所制作出来的吧。从现象中完全剥离开了，换言之就是"纸上谈兵"的音乐。坐标轴上的音乐支配着流行或是其他的一切。所以，我才想要将音乐稍微唤回来一点。约翰·凯奇发明了"预制钢琴（Prepared Piano）"，在钢琴的琴弦上夹上橡皮、铅笔等，就是因为想用钢琴弹奏出巴厘岛的甘美兰音乐。

指挥没有理论。完全没有。没有比这更不可思议的行业了。指挥所做的，就是能否给出一个画面，能不能给出一幅画。和交响乐队的成员们所看到的画面相比，我觉得看着更为巨大画面的指挥者更棒。他会让人想要跟随，并散发出活力。卡洛斯·克莱伯（Carlos Kleiber）在执棒维也纳爱乐乐团时有这么一则趣闻，虽然指挥时手会有动作，但乐团成员完全都不知道该在何时发声。"对不起，我们不知道该在何时发声。""那么我们再来一次。"于是克莱伯继续挥舞指挥棒，但情况还是和刚才一样（笑）。无论排练多少次都是一样。真是够呛吧。和弦、和音或是节拍这些都是乐队的工作，你们自己做就好了。会这么说的才是好指挥。音乐画面越多，才是越好的指挥家。所以，克莱伯与富尔特文格勒并列双雄啊。

新宿的酒店房间里，他正坐在床边的椅子上休息。两天前刚采访过他，但今天继续启动了记录用的摄影机。这是为了给CD-ROM电子书*DECODE20*做一些事先的调查，同时兼作此次采访。

095 闪存记忆

我在上学路上，常常会做这么一个练习，那就是去抓取在电车上听到的所有的声音。人们说话的声音是这样的：嘎嗒嘎嗒、咯吱咯吱，或是风声、雀鸟唧唧、喇叭鸣声。这些声响都在我脑袋里做成清单条目存了起来。声音在景色之中多到难以计数。但这些声响并不会换算成语言去记忆的。当然说到"石头"，就会去检索收在记忆里的"石头"的声音，是有语言去作标记的。

中学的时候，我去学英语，有一个箱子里放着满满的东西。这个练习就是看一眼箱内，然后马上用英语说出自己记住的东西。我的朋友只可以说出5个左右，我能说出20个以上。所以，和视觉记忆的人一样，我的短期记忆是过人的。但那是所谓的闪存记忆（笑）。那个瞬间是记住了，但10分钟后就忘了。要使之成为长期记忆的话，就必须要有另一种想象力了。声音也是一样，简直可以像用摄影机录影一般去记忆。但是，那个也会马上消失。

096　高桥悠治的手

是小学5年级时候的事。母亲带着skmt前往高桥悠治在青山通大街的草月会馆内举办的音乐会。去那样的场所是第一次，听到高桥悠治的人名也是第一次。他坐在正中间的位置，一直看着高桥悠治弹琴的双手。音乐会结束，他觉得自己已经成为高桥悠治的粉丝，但看着走到外面大厅里来的高桥悠治，却心脏乱跳，什么话都说不出口。

097 电脑／骰子

G　　不过，将自己作曲的作品交给电脑
　　　来演奏，你怎么想？

S　　以前，是没有个人电脑的时代。虽
　　　然美国在 1960 年代就开始用电脑
　　　作曲，有了 100 首左右，但那还
　　　是在使用打孔卡片的阶段。所以，
　　　取代计算器的是随机数表（ran-
　　　dom number table）和骰子。

098 治愈行为

男孩们全都背着黑色的双肩书包去上学，女孩们则
全都背着红色的双肩书包。他一个人，背着咖啡色的双
肩书包，穿着运动上衣去上学。虽然和妈妈说了"和同
学们一样才好"，却并没获得同意。他把这段经历叫作
"创伤"。所以到了中学必须穿着校服的时候，他还暗
自窃喜。因为得以从这一"创伤"中逃脱，他感到并不

是自己回归到和别人做同样的事，而是产生了自我认同，"即便不同也没关系"。

对他来说，音乐这一行为，就是治愈行为。

099 最喜欢爸爸了

说到美国文化，就像是"最喜欢爸爸了"。非常向往这样的状态。不脱鞋就可以进屋，就仿佛是因为这个才去的纽约。"最喜欢爸爸了"的影响很大。爸爸绝对不会生气，也不会发火。

100 打仗游戏

小学的前半段时间他都在看西部片，5、6年级则是打斗片和战争片。因为花园荒得像野地一样，独生子的他，无可奈何地一人分饰二角，扮演美国兵和德国兵来玩耍。

101 懒家伙／讨人厌的小孩

　　说起孩提时代，知道学校里不会教的东西我就会觉得很酷。学校里的课程完全不喜欢。成绩？进入高中时我的成绩还不错，但毕业的时候就已经……而小学是不留作业的，所以在校内学习完了之后就是玩儿。这个影响很深远，所以在家是不学习的。自己急急忙忙地学习起19世纪后期开始到20世纪的音乐史，提前学完数学，当然是自学的。但也不会努力去做什么研究。我是个懒家伙，是个讨人厌的小孩呢。

　　可以聊相同话题的朋友，哪儿都没有。

102 朋　友

　　大学时代厮混的"朋友"，现在几乎完全没有交流了，尽管当时天天黏在一起。常常在报纸上读到优秀的企业人士回首往事，写到关于"朋友的重要性",那些都是不可信的。高中、大学时代最能被称为"朋友"的，就是我高中时的现代国语老师了。他是我在校时就结交的"朋友"，虽然在校内我们还是装作老师、学生的样子。

103　诗人兰波和数学家伽罗瓦

我曾经想过到了18岁就放弃音乐，也思考过之后自己又能做些什么。诗人兰波在16岁的时候就已经写下了令人赞叹的诗句，而数学家伽利略在决斗前一天，还在写论文而不是遗书，次日死在决斗中。我憧憬过那样的活法啊。

104　父亲／书

我的父亲是位编辑，但他从来不曾说过

让我去读这种书那种书的话。我都是从书架上随意拿出书来读。其中有好几本，现在都还没还回去。

105 摇滚体验

在披头士乐队出现之前，我对英美的流行音乐完全没有兴趣。而邂逅披头士是在小学5、6年级的时候。对于这个世界上还有着与巴赫和古典音乐完全不同的存在，我感到震惊。中学时代也听冲浪音乐（surfin'sound）①。高中时代又经过了美国湾区迷幻音乐和齐柏林飞船（Led Zeppelin），迷恋着以罐头乐队（Can）为主的德国摇滚、前卫摇滚（Progressive Rock），不过却不喜欢深紫乐队（Deep Purple），也不喜欢把古典音乐曲段用到摇滚里去的乐队组合。

虽然曾觉得"摇滚必须得要吉他"，但好不容易脱离了音乐史的摇滚，如果要再回到古典音乐，还真是让人

① 译者注：1960年代中期以美国加州地区为主流行起来的音乐风格，以冲浪、夏天的大海等主题的合唱为主。

火大。虽然很憧憬吉他，但因为是个"懒人"，所以没想过要练习。他和高中同学组了乐队，弹了很多爵士和波萨诺瓦（Bossa Nova）。1967年，正值高一，也是爵士乐风潮覆灭前最后的辉煌时期。他和德彪西的"邂逅"，也是在这之前不久。他虽然在情绪上和摇滚产生着共鸣，但也知道那里并非自己的舞台。一直到1970年年初为止，新宿都是歌唱着自由、解放与爱，光着脚行走，留着长发的街道，但进入了1970年代之后，东京也好，伦敦也好，都变"时尚"了。摇滚和嬉皮主义、嬉皮文化也必须是要跟上才行。但华丽摇滚（glam−rock）① 只是商业主义了。他对此是极为反感的。

他心目中的摇滚在德国摇滚时期就已经终结了。

106 钢 琴

与其说是明白了结构的运作，不如说是到了10、11岁时对钢琴才得以融会贯通。因为觉得它成了自己的延伸，所以也没有了差别性。说是理解，不如说是身体的自我动作。

---

① 　译者注：1970年代前半期流行的，带着奢华时装和颓废风格的摇滚形式。

儿童时期，从学校回到家，一个人弹起钢琴，外出的母亲回来听了问"你在弹什么曲子啊？"回答说"并不是什么曲子，只是自己随手弹弹"，妈妈大吃一惊。

钢琴已经不是必须要挑战的道具了，而是什么都不想就可以与之融为一体了的存在。

107 不就职

不想就职上班这件事，大概从小学时代起我就一直这么想的。大学4年级的时候，大家都会思考就职这件事。我1974年大学毕业，1977年研究生毕业。就是因为不想就职上班，想保持学生身份，便拜托家里让我继续就读研究生。不过，虽然是考上了，但和老师见面的时间，大概一周都不到。

1976、1977、1978年这三年里，作为录音棚音乐人，我忙得不可开交，但可以赚到相当数额的收入。我曾觉得那是一种体力劳动者那样的、每日结算的雇佣工作。真的是两三年没有休息，一天工作12小时以上，除了钱什么都没有留下。硬是要说的话，那就是像机器一样地去演奏。这一经历也连接了Y.M.O.乐队（Yellow Magic Orchestra）的初期。

那时候每天在录音棚工作到深夜12点，后面再进入录音棚就是为制作自己的个人专辑《千之刃》（*Thousand Knives*）了。所谓录音棚音乐人，是没有名片的世界，也就是说是谁都无所谓。但是制作自己的个人专辑，就成了一件向社会介绍自己的事情，不过这么一来，之前的工作马上就停了下来。虽然我是演奏家，但也自己做音乐，编辑音乐，所以在制作自己的个人专辑时就真的希望能包办"全垒打"。只要用计算机来操作就可以。合成器的"全垒打"，对累趴、崩溃的录音棚音乐人来说，却毫无共鸣。

108 贝托鲁奇导演的话

在为《末代皇帝》制作电影音乐的时候，贝托鲁奇导演说过好几次这样的话："不要带电脑来作曲。"

他对导演说出的这句话产生了强烈的违和感。他将整套设备运到伦敦进行展示，准备了工作室，请来了贝托鲁奇导演。听完乐曲后，导演问："是不是没有杂音？"在音与音之间，没有敲击钢琴琴键的杂音，也没有演奏者坐着的椅子的摩擦杂音。既然导演说到了这个地步，他就回答说那就将杂音作为混音元素录进去吧。不使用合成器这一命题，也成为不久之后组建三重奏的契机。

109 画面的混血性

某种程度的混血性，是生命力，是美的根源。

110 在酒店的房间里

那天他在酒店里听的CD是武满彻的《翼——Wings》。

"会带去旅行的大概就是这些了。还有迈尔斯·戴维斯（Miles Davis）的CD，这是和声与音色……斯莱和斯通一家乐队（Sly and the Family Stone）的CD也带着。他们是我的节奏的原点。"他这么说着，把CD的文件夹取出来给我看。

从日记中摘选
1997年3月25日○巴巴多斯

6点半离家，搭乘8点25分AA（美国航空）的航班飞往巴巴多斯。巴巴多斯很热。酒店超级漂亮。通过MSN打给纽约并查收和发送电子邮件。因为前一天感冒了，所以一直戴着帽子，围着围巾。对于剧烈的气候变化，身心都没有做好准备。出了大量的汗。给头部后方保暖。半夜，醒过来觉得自己的感冒症状减轻了。

精神好得不可思议。坐了水上摩托和汽艇。在泳池里游泳。冲浪。小鸟飞进房间。因为日晒而感觉身体疼痛。

下午，在位于代官山的 Kab 的办公室。skmt 难得久居东京，因为他的父亲危急重症住院了。他父亲因为持续低烧，所以一夜之间免疫系统失效，形成了攻击自身白血球的抗体，肺部遭受感染，变得呼吸困难，据说已经蔓延到了全身。他一边说着父亲的病情，一边给我们看用数码相机拍摄的医院的照片。

111　自我免疫力／自我治愈力

我们的身体里，有许许多多的病毒、细菌，它们保持着一种平衡。在体力相对减弱的时候，它们就会引发疾病，所以平时注意提高自身免疫力、自体自愈力才是真正最好的做法。熊或者狮子如果患病了，就会什么都不吃，人类也有所谓的断食疗法，其实就和动物们所做的一样。听说还有一种喝尿液的健康养生法。询问了进行实际研究的工作人员，据说尿液中虽然有从体内排出去的代谢废物，但那里面也有免疫系统的信息。

我最近在进行正骨，也是因为想要提高自身的免疫力。

112 为了治愈的音乐

他为了父亲，第一次创作了治愈的音乐，在工作室里用合成器制作完成的，是为了父亲一个人在进行透析的3个小时里能一直听的音乐。父亲听着这首乐曲，说："是美妙的音乐啊。"

关于音乐疗法，他十几岁的时候，在艺术大学里就曾经对它产生过兴趣，而且也去上了课。但是这一领域里的人，对于声音的品位大多、很差。真的不行。为了使之不至于低俗，就必须得在音乐里加上知性的操作吧。这虽然是平时就在做的，例如哆咪嗦不太好那就改成哆咪拉吧。但这么一来，听音乐的时候，就会听出作曲者的理性编排，降低了"治愈"的效果。例如，有人让我只用日语的平假名来写诗的话，那是很难的了。让人用小学1年级学生也能看懂的语句来写诗，恐怕写论文还更容易些。所以，要避免必须进行分析才能听的音乐。从这个观点来看，连德彪西都太过知性了，厉害的是莫扎特啊。

去排除被各种行为习惯所束缚的思考方式。为了做到这些，就要放松肩膀，让全身松弛下来，进行深呼吸。他就是想象着这样的画面来创作音乐的。

不是抽象地去说什么救赎，而是把它当作一件具体的、自己可以做到的事，那么大概可以用音乐去创作出一个治愈之物了。虽然是抱着这个目的做的首次尝试，但明白自己是在"做"。使用了这个音，阿尔法音波①就会停止，会明白"这样可不行啊"。要持续愉快的、消除紧张的状态，就需要一种所谓内在的紧张状态。说是纯粹，近似简约，但这样又会很无聊啊（笑），不能只满足

　①　译者注：半睡半醒状态，身体放松时所产生的脑电波，也叫放松波。

于人类水准的知性度，要让人感觉仿佛是天使创作出来的音乐才好……

113 生病的人啊……

只要在时间上有了规划，或是制约，就给这一时间内的身体需求关上了门，比如今天虽然有点腹痛但必须几点钟到哪里去，人就会抑制生理上的需要吧。但生了病的人呢，则处于对自己身体讯息非常敏感的状态，对于"颜色""听什么""去哪里"，会进入一个比常人更容易作出反应的状态，因此也会强烈地影响到身体。

114 致野蛮

即便是淋浴，我也不使用肥皂来清洁身体。使用了以石油为原材料生产的肥皂，皮肤的抵抗力就会减弱，遭到毁坏。应当通过正骨整体、瑜伽、气功和呼吸法来提高免疫力。就算是杀菌，也是有限度的。一天必须进食三次也好，睡眠时间必须要 8 小时也好，这些都是产业革命之后捏造出来的，我要舍弃这些城市生活中讲究的模式。神圣的场所何在呢？测算风水的能力与技术也都消失了。让钝化了的感觉再一次变得野蛮，去运用起来。引入生命的基本，然后释放。简而言之，就是去吃、去呼吸，以及多多去笑、去欢喜、去悲伤、去流泪。

115　敏感／钝感

　　敏感的人想要在当今这个社会生存下去，就不得不变得钝感，比如要先变成一个不感冒的身体。因为不这么做就无法保护自己。当然，对身体的变化和扭曲逐渐变得钝感了，就会出现反作用。而保持敏感，和社会的吻合度不匹配，则不得不去改变生活方式。例如，辞去工作，不去学校也没关系，只要去改变就好了。

116 读《史记》这件事

现在的目标是阅读中国的《史记》。读完之后，准备去学习JAVA（计算机编程语言）。《史记》和圣经一样，属于许多书籍的集大成所在，有人类的悲喜剧、欲望、成功、智慧、战略，日常生活以及权利争斗。从中可以看见人类的伟大，以及愚蠢。

从日记中摘选　　　　　1997年7月5日○伦敦

今天6点起床。身体刚习惯了英国时间，却又不得不回日本了。给父亲打电话。他开始了24小时吸氧，是因为肺部恢复了一些功能了吧。10点半有车来接。11点开始和赫

克托·扎祖（Hector Zazou）进
行彩排。2点开始是全员预演彩排
（run-through）。 将 *untitled 01*
改编成弦乐四重奏、长笛、圆号和
钢琴的曲目来演奏。7点半开始是
正式演出。 迈克尔·尼曼（Mic-
hael Laurence Nyman）抱怨说
他想和我一起合作。和菲利普·格
拉斯打招呼问候，他似乎很了解
我的音乐。 我们约定在纽约再见。
让人吃惊的是，萨尔曼·鲁西迪
（Ahmad Salman Rushdie）进
行了朗诵，非常知性而且有趣。 向
鲍勃·威尔逊（Bob Wilson）问
候。10点半时，Meltdown（Melt-
down Festival，伦敦融化音乐艺
术节）的音乐盛会结束。太精彩的
夜晚。 在派对上见了埃弗顿·纳尔
逊、MO WAX（Trip Hop，音乐
风格厂牌）的 DJ、彼得·盖布瑞

尔（Peter Brian Gabriel）。

从日记中摘选 1997年9月14日○伦敦

10点起床。慢慢地泡个半身浴。过了12点，退房。去看看位于Baywater的新酒店The Hempel。好棒！这个酒店仿佛就是一个完美的极简主义的装置艺术。还可以看见马路对面的庭院和常驻使用的公寓。4点前出发，LHR（伦敦希思罗机场），6点起飞，邻座是一位日本男性。没有交谈。睡了一会儿。想睡。读了《人生游戏入门》，1点过，着陆了。虽然已经是夜里，但不可思议地毫无睡意。是了，是因为时差！

从日记中摘选 1997年11月20日○纽约

完整的风景？
劳动

女性

性别

男性的暴力·女性的暴力

男性对男性的暴力

男性对女性的暴力

女性对女性的暴力

女性对男性的暴力

性别对性别的暴力

同性恋运动

从昨天到今天，完成了到 M31 的
初步混音发给伦敦。今天要做
到 M33。前往好久没去的木村庵。
观看戈达尔导演的电影《第二号》
（*Numéro deux*）。

1997年12月24日○**东京**

在惠比寿花园饭店的舞台后台。这几天，花园饭店
都在举行skmt与视觉艺术家岩井俊雄的合作活动。在彩
排开始之前对他进行采访。

117 希 望

　　为了筹备1999年上演的歌剧，skmt频繁地与村上龙进行着邮件往来沟通，还在刚看到大概轮廓的阶段。用古典来打底这件事，并没有谈妥。对于使用多种语言来打造歌剧这一最初的方案，大家也各有主张。也有将共同的主题作为基础向不同的原作者进行约稿，做成拼贴风格的灵感方案。他正处于各种尝试、不断摸索的阶段。

　　　　说到隐藏主题，或是说他想表达的内容，是"共生"，但他似乎并不想将这样的主题直白地说出来。所谓"共生"，所谓"希望"，都是想变得更好的、正向的认知世界的方法。但是，所谓正向积极的事物，不论歌剧小说也好，其他也好，都是很难进行表现的。大多数创作都是悲剧形式，所以，大多也不会把古典来作为铺垫。在1960年代，大家对社会还是抱有"希望"的，政治活动也具有可能性，可现在肯定不抱什么希望了。正因为哪儿都没有希望了，已经跌到了最底层，所以才更需要理念、理想。说是理念，但像以前的意识形态那样的"必须得要这样才行"的东西，是不会变成理念，也不会变成理想的。算了，尽管自己是个外行，但也想学一点关于遗传和进化的知识，在人们抱怨这呀那呀之前，自然正在变成这样，事实正在变成这样，我觉得这些事情反而会变成"希望"吧。

118 DNA

寻找 DNA 般的、自己的身份存在。DNA 的碱基中，有 95% 是被叫作"废物"的、不可解的、不直接参与遗传的信息。但那里面，或许沉睡着人类迄今为止的所有过往的生物信息，以及现在还未被发现的未来的我们的伙伴们的信息。我把这些 DNA 想作是一个冒险故事，是一种拼贴方式，是一幕不需要人类来主演的戏。

119 音响上的复杂化、音乐上的极简化

　　以前听着电音和 hip-hop 的孩子们，我觉得他们现在也终于觉得卡尔海因兹·斯托克豪森和泽纳基斯好酷并愿意安然倾听了。我 18 岁的时候，正好就是这样的，感到自己从所谓艺术的束缚、流行音乐的束缚中解脱了出来，变得自由了。1990 年代的音乐，已经全面解体了，接近于一种什么都没有的零的状态，虽然非常无聊，但是到了这一步，就已经超越了电音，而且朝向稍微不同的方向去，特别是音响系之类。*untitled 01* 的 Ninja Tune（忍者音乐）①，推出的混音盘就是这样，古典式的音乐被拼贴混合，在其复杂的杂音之上添加的旋律无论是流行歌曲也好，其他什么也好，都很不错。

　　现在，被人们所追求的音乐，在音响方面是结构复杂的，但音乐性上又是极简的吧。这很有趣呢。

---

① 　译者注：伦敦独立音乐厂牌。

120 讯 息?

现在，我对通过音乐去传达讯息这件事，没什么兴趣。我希望创造出由声音而形成的共生状态。

121 重启／重新开始

21世纪的前半部分，大约50年时间，恐怕是要归还20世纪所欠下的债吧。必须从什么地方去重新开始吧。因为产业的齿轮周围，空气、水、人类的生活全都被它所决定了，所以他们一直说重新开始不会成功。但我想，思考重启、重新开始的时候已经到了。

122 过 敏

由化学物质引起的各种不适症状的意义，

是身体觉得讨厌的反应吧。过敏就是一种典型，精子数量减半，恐怕也是身体在发出信号诉说不想生活在这种环境之下吧。反过来说，对理性敏感地作出不适的反应，我想它们也在说着"想活下去""想生存下去"。

123 滚轴溜冰

知道平衡生理学吗？它是从"人类为什么能站立"这个点开始的，是关于晕眩的研究。所谓晕眩就是无法站立。掌握平衡的力量，可以通过练习提高。小学里有那种在地上埋半个轮胎然后在上面跳跃奔跑的游戏吧。有研究显示，有这个活动装置的学校和没有的学校，学生的患病比例有着惊人的不同。

我开始了滚轴溜冰。

124 选 择

　　自然食品或是正骨整体。1970 年代前后开展学生运动潮的时候，我觉得那是一种"逃避"，曾对它很反感，但现在却明白恐怕那是相当不错的一种选择。要是早点明白过来就好了（笑）。人真的是不被逼到生死存亡的阶段，就不会去作选择呢。从这个意义上来看，我真是到了临界点才明白过来的。

125 假声男高音

　　最近听了诗拉法（Vyatcheslav Kagan-Paley）假声男高音。因为我一直行动很慢。我被他深深地感动了。我觉得他的音乐能得到普通白领，还有阿姨、妈妈们的喜爱，真的很了不起。很酷，很中性，也很简约，甚至到了让我觉得他是不是生化人啊……

126 蒙 古

　　去蒙古。搭乘喷气式飞机从乌兰巴托，往靠近俄罗斯边境的城市木伦（Mörön）去。从那里再坐上俄罗斯生产的吉普车，在草原上行进约4个小时。然后住进巴彦祖尔赫村的蒙古包里，和副村长再坐上吉普摇摇晃晃开了一小时去到的地方，那里有位巫师。在蒙古，人们是带着牲畜一起在草原上游牧生活的，所以不会长久地居住在同一个地方。

　　村子和我们想象的样子很不同，为了组成国家的形态，在行政上把它叫作村子，但只是一望无际的草原无限地延展着。这位被称为"蒙古第一"的巫师是位85岁的老婆婆，她的蒙古包里没有通电，更没有电话，如果想要问些什么，就只有自己一路跋涉去"那里"和她见面。

　　貌似这个村子第一次有日本人到访。村里最会跳舞的孩子跳起了舞，为了招待我们杀了活羊，还搭建了专门为远方客人来住宿而特设的蒙古包。

　　因为巫师老婆婆只会说古蒙古语，所以她的女儿一边给娃娃喂奶一边帮我们翻译成现在的蒙古语，然后蒙古语翻译再把它翻译成日语。

村民们遇到麻烦或困难都会前往巫师老婆婆这里，祈盼神灵的启示。巫师老婆婆唱起歌谣，一边拍打鼓，一边被神灵附身吐露神言。有疾病的问询、失踪的牲畜现在何方的问询。skmt向她提出的问题只有一个。那就是，"这世界会灭亡吗？"

开始委托了之后，巫师老婆婆说没有献上贡品神明会发怒的。说是贡品，但其实也有规定，那就是糖果、金钱和摩托车用的汽油之类。和我们一起去的蒙古人也说不知道这一规矩，吵闹了起来，把钱从糖果上面拿掉之后再交过去，我想那就算了吧，正准备回去的时候，神的启示来了。我问："这个世界会一直持续下去吗？还是马上就会灭亡呢？"得到的回答是，两年后蒙古的总统会有变。她清楚地说出了名字，说那个男人个头矮，交际广泛。不过，现在并没有叫这个名字的政治家。不清楚世界是否会灭亡，神的启示就只有这些。当然这里也有很多让人思考的意义，对于巫师老婆婆来说，所谓的世界也就是草原，也就是蒙古了，应该不会有地球这种"模糊的意识"吧。虽然提出"这世界会灭亡吗？"这样的问题并不奇怪，对我们来说也很切实，但"世界"和"地球环境"这种思考的本身，是在有限的意识之上成立起来的东西，所以我们和巫师老婆婆所认为的"世界"也就不同了。我当时想到的是，我们所说的"世界"也好，"地球环境"也好，这些词语本身就是非常封闭的存在，我非常清晰地意识到了这一点。所谓"世界灭亡"，听上去就像是普通的提问，不是吗？但对于巫师老婆婆来说，肯定一点也不普通。

127 皇帝的墓碑

在蒙古的南端，是广阔的中国。在那里的土地上，稗子和谷子只要播撒出去就可以收获。而蒙古以北，贝加尔湖对面的西伯利亚，那里广阔肥沃的土地上也充盈着微生物和植物的循环体系。但是处在这中间区域的，却是几乎难见绿色的沙漠地带。为了提炼进入创作期的

"歌剧"构想，他来到了这里。

他读着曾经统治这一草原的、构筑起巨大游牧帝国的皇帝墓碑。墓碑上这么写着：

未来永远，都不要再度翻掘草原。翻掘草原，是野蛮的行为。

就算再度翻掘也没用了。翻掘了草原，草就会枯死。如果去翻掘长着不到10厘米高的草的地方，草会枯死，羊会饿死，人也活不下去，马上就会被沙漠化。勉勉强强的平衡关系才能维系所有一切。

128 蒙古包之夜

看见了星星。

耀目的星星。

夏季时分，直到接近深夜12点，天空都浅浅地亮着，而从早上5点开始，已经开始大亮了。

因此，漆黑的夜色相当有限。

投宿在蒙古包的半夜，我走到了外面。

有着如此众多的星星，是闪烁耀目的星空呢。

129 沙漠飞行

小型喷气式飞机，升到了6000米的高空。窗外的地平线延展着毫无绿意的一片沙漠。skmt用数码相机记录着沙漠。时速400公里，即便飞行了一小时也都是同样的风景。在没有绿意的地面上即便出现了蒙古包的村落，但到下一个村落的大约100公里的地方，又是什么都没有。如果策马而行的话，要花上5个小时吧。看到了寺院城市、哈拉和林①，位于沙漠的正中间，周围全都是沙漠。他们是怎么生活的呢？让人这么想。

在戈壁大漠上飞行了约3小时。结果他发现自己的眼睛对于绿色开始变得极为敏感了，留意到潜藏于自己体内的生存本能，在风景中拼命地去寻找绿色。有绿色，就意味着有草，有草，就意味着那下面有水。人的本能苏醒过来。眼睛继续追逐着在沙漠表面上、作为水源流通痕迹存在的、零星的绿色。

---

① 译者注：13世纪中期的蒙古首都。

130 每天的进献

美丽的清晨，副村长说无论如何都要带我去一个风景之地。

那个地方河水流淌，是一个有着许许多多传说的神圣所在。副村长把手指浸在伏特加酒中，先向精灵敬上酒，净化了身体之后再干杯。这一行为是每天的、微不足道的、无须大声诉说意义的动作。但它却连接着世界，或者说，连接着每天日常的生活。

不叫它"共生"或"环境"，而叫它为每天的进献。

131 成吉思汗／文学

如此贫瘠的土地上，几千年来只出了一个成吉思汗，创建了如此大型帝国，这是为什么呢？说起来有点怪，但我却想到了那是"文学般的产物"，是一种浪漫吧。首先，对于他们来说，原本并没有国家这一概念。日本也是一样，在江户时代之前，谁都没有用"日本"这一统一的概念去思考过自己的国家。因为有了从外界来的黑船①，才第一次出现了"日本"这么一个观念。所以，所谓国家和民族的观念，全部都是"文学性"的产物，是成吉思汗唤醒了"文学"，并由此第一次有了总结规整。如果不是这样的话，就不会向其他民族发起侵略了。因为所谓政治，其实也是文学，话有点怪，但的确就是凭借一张纸片调动了民族，发起了战争。所以，反过来说，好的政治家，全都是文学家啊。成吉思汗唤起的"文学"，大概在他死了之后还延续了三代之久吧。不过，要维持如此建立起来的"国家"，经济还是必需的。话虽如此，但因为是"沙漠"啊，必须非常勉强才能做到。三代之内，这个帝国还可以勉强生存下去，可在那之后，就只有四散在沙漠里了。

132 贫困的平衡

　　蒙古，只是土地贫瘠，就好像是内存有限的计算机的那种状态，勉勉强强地彼此共

---

① 　译者注：室町时代之后，从欧美各地来到日本的帆船，因为多被涂成黑色，所以也叫作黑船，包括后蒸汽船在内成为外国船只的统称。

生着，其实地球整体也和蒙古一样，没有那么多内存。日语里说到"共生"这个词，感觉似乎有很丰富的寓意，其实并不是这样的。作为"共生"的"普通模式"，最容易理解的就是"太空基地模式"。在封闭的空间必须频繁地进行人口调整、资源储蓄和循环，以及循环的管理等，哪怕是一点小事都有可能影响整体。不过，稍微思考一下，地球本身就是如此。太阳能量是地球唯一的外源性能量，其他全部都是闭锁的。因为地球的面积很大，所以既有贫瘠的地方，也有富饶的地方，还平衡恰当的，但这也正是"太空船地球号"本体了。不过，像现在这样，随着资源与人口关系的逐渐紧迫，地球正在逐步接近"太空基地模式"。这么一来，为了调整人口就会出现各种各样的现象。例如，战争如此，现在引起争议的"环境荷尔蒙"也是如此。因为"人类"知晓了人口增长过剩，所以正在自己杀死自己。

所谓生态系统的平衡状态，就是归结到

各自选择贫瘠地区的生存方式。日本因为"过"了，偏差度太大，很难达到这种"平衡状态"。而"共生"说的虽然是生态的均衡，但感觉也有向阳与背光的部分。所谓"共生"，越思考越觉得，它绝不是光明鲜亮的。所谓乌托邦，其实是非常严峻的地方。

133 轮 回

在草原上，到处都散落着动物的骨头。不仅如此，草原还到处都是粪便。

死，就像是和排泄一样平常的事。粪便也是一样。因为是循环，是再生，出现轮回的想法也是理所当然的。

134 羊骨的骰子

死亡就在身边，而且，近在咫尺。

他在蒙古唯一买的东西就是给孩子的玩具。

羊骨骰子。

那是一个类似骰子般的形状，但四面的图案又各不相同。

各个面的名字分别是绵羊、山羊、牛、骆驼。

孩子们摇着这个骨头骰子玩着。

135 呼麦／长调

呼麦。那是牧童们召唤动物或人的声音，是草原上经常响起的声音。旋律与颤音，绝不会因为刮风就消失。家畜一边吃草一边分散开来的时候，就是用长调把它们召唤回来的。乌兰巴托的餐厅里请来了中央歌舞团的优秀音乐家，让我们有机会听到了呼麦和长调。长调也有非常多的颤音，极具呼麦风格，是非常高昂、尖锐的声音。

有趣的是长调的演唱方式，同一首歌在草原地带和在俄罗斯国境附近的森林地带好像也是不同的。

草原的长调，森林的长调。

136 TV与道路

电视是神话制造机。就好像成吉思汗创造了文学来决出胜负那样，电视则创造了神话。为什么在美国电视这么发达呢？因为在美国这一广阔的土地上，居住着各个不同的民族，以前也并没有"美国"这一意识。和基督教比肩，电视在人们中间创造出了"共通的神话"。因此，总统马上就在电视里进行演说了。

草原和沙漠里，没有铺设好的道路。如果成吉思汗活着的话，大概会说不许修路、不许看电视这样的话吧。物质和信息的增加，就是神话的增加。修建了道路，来了观光游客，变成了货币经济，这会终结一切吧。

G　最近，有什么想要去的地方吗?

S　想去非洲俾格米矮人族的森林（因
为正在内战，应该很难成行）。还
有，想去美洲的下加利福尼亚
（Baja California，因为有微生物
的巨大的共生场所，那里形成了混
合黄色、蓝色、绿色、紫色在内的
各种微生物层，创造出了色彩斑斓
的曼陀罗）。

从日记中摘选　　　　　1998年8月8日◎东京

安全绝非偶然。

1998年9月2日◎东京

东京都内，他在新建成的工作场所。才刚刚搬进来，
所以在他自己带来的钢琴周围满满地堆着计算机、乐器
的接线等等。

钢琴上面、椅子旁边的篮子里还有几根"炭"棒，

墙上随意地贴着从杂志上剪下的时尚图片和银色的包装袋。他坐到椅子上，把手提电脑放在膝盖上，开始闷头将自己所想到的内容输入。

138 歌剧式的东西

先不说歌剧到底是什么，自己在很久之前就对歌剧这一事物很有兴趣。大约在10年前，和浅田彰君就歌剧的话题聊了很多，在意大利和朋友会面时，也说过"我想要创作歌剧，正在思考应当将什么作为原作主题"。

当时，我脑海里想的似乎是三岛由纪夫和中上健次的作品。再往前追忆，在思考将中上健次的小说《千年的愉悦》音乐化的时候，"歌剧式的"也曾是一个关键词。

对于我来说，"歌剧"就等于是瓦格纳最后的歌剧《帕西法尔》（*Parsifal*）。当然，《费加罗的婚礼》《蝴蝶夫人》等大家熟悉的作品，我也知道一星半点，但迄今为止几乎没有看过歌剧。

刚才虽然说了"歌剧式的"，但对我来说，"歌剧式的"东西的背景里，有着在1960年代现代音乐的潮流中占据了重要位置的、被叫作"剧场作品（theater piece，以演奏者的技艺为中心创作的音乐作品）"的剧场风格。比如，菲利普·格拉斯作曲的 I Should Die in the Beach 之类，作为音乐以外的元素，人物移动着，演奏者动作着，它是作为这些动作综合体的音乐作品。

以前演奏过的 f 的音乐（untitled 01）也是，我平时举办的音乐会也是，一定会加入影像和语言元素。当时，只是在4到5分钟的曲子里使用影像和语言而已。

对我来说，"歌剧式的"内容的意象源头里，有着作为"剧场作品"的"歌剧"存在。

　　创作 *f* 的时候虽然也有主题，但是不仅限于非洲，现在世界各地都纷争不断。回首往事，20世纪是一个"战争与杀戮"的世纪，是一个相关科技不断发达的世纪。虽然很抽象，但是对于这些问题，21世纪要如何解决？我最近经常思考这些问题。

　　在思考这些问题的时候浮现在脑海里的就是"共生"这个关键词。我查证了一下"共生"这个词语，它其实具有很广泛的意义。像人们常说的那样，有不同民族人士在社会上的共存意义，或是地球与环境、大气、人类生存的意义，又或是与生活在地球上的其他生物的共生，它有着非常广泛的意义。"共生"虽然给人以很柔和的印象，但仔细思考，其意义却并非玫瑰粉色一片美好的，必须要去直面根本性的问题。

　　"所谓生物是指什么？"或是"所谓进化又是什么？"，"共生"一词缔结到了这些主题上。我一直觉得人类这一物种是生物界出现的"奇异的存在"。自从猴子变成了人之后，就逐渐朝着奇怪的方向进化，甚至到了连自己所生活的环境也可能会被自己破坏的境地。因为这些事情，人类变成了杀死自身物种的存在，而且不仅是自身的物种，还同时连累了其他很多物种。真是奇怪的生物啊，我很久以来就一直有这种直觉。

140　微生物的启示

对于"共生"，以及对"所谓生物是指什么？"产生兴趣之后，就会开始思考"生物是如何诞生到地球这个星球上来的？"或是"生命诞生以后又经历了怎样的进化？"试想一下会发现，地球上生物进化的 3/4，其实都是微生物的历史。

"微生物"这个词，并非科学用语，而只是单纯的"用显微镜可以看到的生物"的意思。也有把它叫作 Micro Organism 微型生物体的，从细菌的角度也有 Bacteria、Microbes 的叫法。

据称生命在 40 亿年前就已经诞生，但我们所熟悉的生物、昆虫和爬虫类的登场是在 5 亿年前，也就是说在生命进化的时间里，7/8 的时间都是微生物。

即便现在，微生物在地球上也拥有极多的种类，其进化速度非常快，繁殖能力也极强。所以其突发变异的概率也变得相当高。只要看看大肠杆菌就可以明白，其变异速度很快，而且不断在变化。

就像詹姆斯·洛夫洛克提出的"盖亚假设"那般，微生物也在改变着环境本身。环境与生物之间不存在关系的观点虽然在人们中间占据主流，但洛夫洛克清晰地阐明了其极具革命性的观点，即地球是如何以微生物为中心来运行"调整功能"的。从控制大气和地质的点来看，是微生物使地球与其他行星不同。

智人（homo sapiens）是因为自己破坏环境走向了灭绝，但从进化的时间，或者说从微生物的进化来看，人类的存在就真的只是短短一瞬间。即便人类灭绝了，恐怕微生物们也可以继续存活几十亿年，就算是太阳爆炸了，或者是哪里的行星撞击了地球，依然有延续生命的希望在。

因为明白了微生物的力量，那么就可以从各个不同的角度来看待"现在"了。担心环境破坏的普通环境保护者们，仍然是从狭义的人类视角来看待事物，只是因为觉得自己危险了，所以想要进行保护而已。

而如果从进化的角度来看的话，地球进化的核心主角是微生物，而且它们现在依然继续着进化。

而另一方面，越是成为复杂的生物体，进化就越是停滞。人类要花费接近20年的时间才能长成可以进行DNA交换的成年人，但微生物却可以简单地超越DNA交换，因为只需要几分钟就可以完成并超越数据的交替了。

141 碎 片

但丁、马古利斯（Lynn Margulis，美国生物学家）、歌德、薛定谔、奥本海默（Julius Robert Oppenheimer，原子弹之父）、洛夫洛克、弗里曼·戴森、约翰·里利（John C. Lilly）……

儿童唱诗班

说是剧场风格但也还是影像。能用影像来呈现动态吗？

使用所有在20世纪登场的音乐，去创作能连接21世纪的内容。

有的部分是交响乐团，有的部分是DJ，有的是四重奏，也有电脑硬盘和磁带的情况。

一个千禧年的结束，和总结20世纪的声音。该怎么去思考这件事情呢？

用石头敲打，用木头敲击。原始音乐。不问年龄。工作坊形式。

音乐的力量。

耳朵在中心之处。

少年们的合唱

钢琴/铁栏杆里的钢琴……既用钢琴来战斗，也用它来救赎。

磁力……阴与阳……进食（代谢）……物质的交换……樱泽如一[①]……

人死了，就会腐烂。而腐烂这一动作本身，就是微生物在运作。回归土壤，再次变成养分。轮回并不是什么假想，而是摆在那里的事实。

我想，这一定是我从爷爷那里受到的影响。爷爷信奉道元[②]，93岁往生。他在临死前曾说，自从地球有生命诞生以来，就一次也没有中断过。我觉得这就是事实。

代谢就是救赎吧。

最后想回归土地，或是火葬。还是两者一起吧。

他将之前用数码相机拍摄的影像通过笔记本电脑一个接一个地放出来给我看。因为和tomato[③]的成员也认

---

① 译者注：日本Macrobiotic长寿饮食法开创者。

② 译者注：镰仓时期的禅僧，日本曹洞宗的开祖。

③ 译者注：英国艺术设计影像集团。

识，所以他说会作为素材发给他们。

"不过，和对方还没有直接会面过。"

是抽象的影像。在纽约、在欧洲、在东京，以及在中国，在巡回演出的地方，在进行录影拍摄的地方，都是平淡的日常瞬间。但是，与其说是记录，不如说更像是"偶然的风景"。并不是为了追求意义去寻找拍摄对象，而是想从拍摄的内容里感受诗意的影像。

一边翻开马古利斯的生物书，一边继续说着，不知不觉间，决定了下一张专辑的主题是水。

142 罗伯特·威尔逊／ 米尔福德·格雷夫斯 1998年8月28日○东京

下午一点开始，是 *Esquire* 杂志的 "EV.Café2" 的座谈会录音，在新宿。结束后，"因为要去青山，用车送你吧"。

夏季的尾声，闷热闷热的，像梅雨季节般。堵车很厉害，大家在车里闲谈。导演罗伯特·威尔逊（Robert Wilson）向他委托了新片的音乐，所以他抑制不住兴奋地说着前往参观威尔逊位于长岛工作室时的情景。那是一个相当宽阔的场地，有好几个摄影棚，世界各地的年轻人因为到威尔逊的工作坊学习而集中到这里，场地区域内随处可见的自然之中，低调又安静地展示着真正的古董。不过，最让他吃惊的还是威尔逊导演创作剧目的手法。威尔逊一面对前来参观工作坊的人进行安排，一面就开始拍起"戏"来。不过，这毕竟只是真实拍摄前的雏形/模板。威尔逊将实际的工作人员当作草图或素描上要用到的绘画工具来使用，并由此来创作作品。是从两手空空的状态开始创作的。这种不通过既定步骤来操作的做法真是厉害。

要说自由爵士（Free Jazz）的打击乐演奏家米尔福德·格雷夫斯（Milford Graves）的事了。就算大脑觉得现在的演出和自己10年前看的一样，但没多久身体就会开始作出反应。而且，米尔福德一边敲击着鼓和铜锣，一边叫喊着没有意义的词语，他打开身体和五感进行淋漓尽致的演出。说到这件事的时候，他说："不知为何，我也正好想起了米尔福德"，我感到很震惊。在进行重复的同时，又一边即兴破坏着什么一边生成出些什么来，真是厉害。我们互相聊着，自己被他们像绘画般去创作音乐的方法所倾倒。

生活在1998年的东京这件事。因为奥姆真理教的沙林事件和酒鬼蔷薇圣斗事件①，会觉得日本是最早被世纪末邪魔附体的国家了。已经没有什么世纪末了，只是强调五感和官能性，是啊是啊，我们在堵车时就一直这么聊着，在到达表参道的路口时，谈话没有得出任何结论就中断了，车停了下来。走进纷乱的人群里，skmt跑走了。

1998年9月18日◎东京

华纳录音棚。唱片*BTTB*在录制中。skmt穿着红色衬衣，戴着太阳镜，手里一直握着一支口琴。"听一听？虽然才做到一半。"他指示录音室的工作人员，将4首曲子连在一起播放出来。是静谧而优美的旋律，有的曲子像是费里尼的风格，有趣，但又悲伤的小丑画面。正这么想着，出现了混合了口琴的太鼓的响声。很熟悉，但又是未知的东西。将他人的记忆作为自己的乡愁来体验的不可思议，让人陶醉。"像是超现实主义和文化人类学的邂逅一般。"他的身体合着旋律，接着重复播放了用预制钢琴创作的曲子。"你看，我正在用钢琴演绎米尔福

① 　译者注：又名神户儿童连续杀害事件。

161

德·格雷夫斯。"

昨天，唱片 *BTTB* 的后期母带录制结束了。完成了。

从开始准备到现在用了6周。从开始作曲到4周内完成，虽然这是非常短促的创作周期，但却有着自 *Esperanto* 以来或是自《音乐图鉴》以来的充实感。对他自己来说，他感觉似乎看到了一些什么。他切实感知到，认真专注"写"出来的曲子，会忠实认真地发声，特别是左手。这张 *BTTB* 专辑，也是为了明年歌剧所准备的。所谓 "Back To The Basic"，是一个极具深意的主题。没有时间休息，今天开始突击美雨的专辑。

　　这一个星期，他从早上10点到晚上8点，都在连续积极地进行着关于新专辑*BTTB*的采访。不单是他自己个人专辑的制作，同时他还推进着制作人的工作，是非常严密、辛苦的日程安排，知道这一情况之后，感觉在他回纽约之前应该见不到面了的我只能作罢。就在这时，一个周末的早上，制作人小空打来电话，"晚上会在新宿观看舞蹈家坎宁安的演出，之后会去吃饭，那时候你能过来吗？"演出结束后，大约10点半，我接到电话，去他喜爱的意大利餐厅里会合。

　　他戴着毛线帽，坐在餐桌旁看上去分外疲倦。我问道："坎宁安小姐怎么样？"

　　"这个呀，我一边害臊一边哭了呢。"

　　演出结束，在掌声中，坎宁安出现在最后一幕的舞台上。在大家为连行走都已经很艰难的坎宁安送上掌声的同时，他默默地流下了眼泪，一直站立着。

　　"为了不让人瞧见，着急慌忙地逃出来了。"他讪讪地笑。

　　"这几天大概在采访中被问了10次'对于坂本先生

来说，基本指的是什么？'但是，在看了今天的坎宁安之后，我明白了，我所说的基本指的就是1960年代。可以这么确认了。"

他默默地嘟囔了一句。

144 *BTTB#1*

收新专辑的标题有两个方案。一个是*2B*，BACK 和 BASIC 的两个B字；另一个方案是*BTTB*，也就是BACK TO BASIC 的首字母结合。*2B*有点像铅笔，很可爱，不过有点搞笑了。*BTTB*，用计算机的显示器竖着排列起来，很对称，而且看上去和记号非常相像，也和元素排列表、DNA的组合形式相似。

虽然他一首曲子都还没开始写，但因为"这个理由"，就决定了将新专辑的名称定为*BTTB*。

145 即 兴

脑海里什么灵感都没有，只是动手玩了起来。

搜索"即兴"这个词的意思。

好像是从手发出的思考。

所谓即兴，也就是玩。

146 有几千张模拟录音的
唱片在仓库里沉睡……

在去纽约之前，skmt想起有几千张薄膜唱片存在仓库里。

"因为，最近也在做DJ啊。"

他在返回纽约前想起自己有相当有趣的模拟录音唱片，便从仓库里搬到了事务所来。

"与其说是什么都先有了，不如说是什么都先买下来的脾气。"

他的"财产"实在是很棒。儿童时期购买的书和唱片，都被精挑细选出来，保存了下来。古典音乐也好，民族音乐也好，波萨诺瓦也好，应有尽有。不过，对于自己持有的这件事却已经忘了，因为他不会去做回首往事那样的事情。

"嗯，只是确认一下而已。"

147 一 个

一个人身上的优点，只要有一个就足够了。因为大多数人什么都没有。大家都是如此。使用的道具只有 5 个左右。结果只做了一件事。

所以说，不要纠结于过去，也不要回首往事，可以拿出来的东西只有一个啊。

而且关于呈现方式，下一个会是末代皇帝，还是变成音响系，自己也不知道。有可能正巧会使用到钢琴也说不定呢。

安迪·沃霍也好，约翰·凯奇也好，也都是如此。

这样不挺好的嘛。

148 门把手般的／克劳德

我想那大概是 14、15 岁时的事。我读到了一本书，里面有这么一件事，说的是一位前辈作曲家的故事，他前往巴黎留学，跟从一位相当厉害的法国老师学习。有一天，这位老师向作曲家这么问道："你是不是不明白什么是奏鸣曲？"

然后，望着不知如何回答是好的作曲家，老师说："它就像是古代欧洲民居里的门把手，或是楼梯扶手的曲线，那正是精神蕴藏的所在。"从远东而来的日本人，你恐怕是不会理解的，而不能理解这些的话，恐怕也是写不出奏鸣曲来的。读到这个故事的时候，我心想如果被法国人这么批评的话，那应当真的是不会作曲的了。如果连这些也不明白的话，那干吗要去法国呢？

欧洲人既有不通音律的音痴，也有很多对音乐毫无兴趣的人。但总的来说，因为有门把手也有扶梯栏杆，所以那就是基本的欧洲了吧。门把手，该怎么说呢，那就是累积了时间的设计吧。综合这些构想的上层顶端就是音乐和建筑了吧。建筑和音乐，也是在类似门把手般的设计上面不断积累，在一定厚度上形成的吧。而钢琴这一乐器本身，也是门把手工艺的集大成之所在。

我自己也笑了，因为想到了我十几岁的时候，当时觉得自己是德彪西转世投胎（笑），觉得我就是法国人，所以 No Problem，没有问题的。从日本去留学的人是不懂的。他们都是邪门歪道。

22 岁的时候，父母问我要不要留学，我回答说没必要。因为已经到这个水平了（笑）。说起来，欧洲并不是为了学习才去的地方啊，还需要学的话那是不行的吧。

最近，在作曲的时候，突然想起来我曾说过"我是克劳德"这样的话。克劳德·德彪西。我几乎就像那个中了邪的孩子"酒鬼蔷薇"一样呢，对德彪西产生了亲近感，突然开始在笔记本上练起了签名。笔记上，全都是克劳德的签名（笑）。

149 《马太受难曲》

一边制作，一边将其准备成灵感的"元素"。灵感枯竭的时候，从白纸一张准备开始些什么的时候，skmt会做的事情就是去看布列松的照片。

又或者，为了练习钢琴，他请员工们买回来大量的乐谱进行弹奏。他在乐谱中选了巴赫的《马太受难曲》来弹。

"啊，真是美啊，真的好喜欢"，他一边这么说着，一边弹着。然后他谱了一首叫作 *Intermezzo* 的曲子。

各种颜色和形状的石头被冲击到海滩上，被波浪洗涤的同时，也在闪闪发光。这些石头里，有的是因海底火山喷发而形成的，也有的是从河的上游随大雨一起流下来，经过漫长旅行后到达这里的。但无论原本来自哪里，每一块都失去了原本的样貌，成了碎片，被冲击到了同一片海滩上，发着光。

和skmt说了听完*BTTB*之后的感受，他回答我：

> 由人类设计的宝石，我基本没兴趣，但在成为宝石前的原石我却挺喜欢的。红宝石、蓝宝石，颜色各异，造型也不同，结晶形态也不一样。彼此没有关联，很散乱。*BTTB*也没有整体画面，完全没有。但是，虽然散乱但共通的一点是，都有发出比较坚硬的声音。虽然不到那种发出金属质地的感觉，但却是那种比较硬的钢琴的声音，像是石头、陶器或是备长炭吧。它既不是有机的，也不是金属的，而是像炭一样的声音。
>
> 从音节开始去听剥离了"构想"之后的

钢琴曲，每一首都是诗歌。那是剥离了多余形容词之后的诗歌。

像北园克卫的诗一样，真的只有单词，但也正因如此它仿佛是被粗粗打磨的宝石般。这和法国诗人马拉美（Stéphane Mallarm）的简练还不同，它完全没有象征性。事物与记号几乎已经一体化了，诗里的词只是作为物件被安置在那里而已。我觉得这些曲子是接近于此的所在。

151 标 本

以前学者的书斋照片。他很喜欢这种将贝壳、石头、船形木片和其他各种东西做成标本放置在房间里的样子。

"我自己在小学生的时候也做过昆虫标本和海草标本。"

微生物、细菌、元素列表、模型。

BTTB里的每一曲都是这种感觉。

"捉到活的虫子了吗？"

"捉住了哟。捉了，打了药，做成标本了。"

"男孩子啊，小的时候可以徒手捉虫，大了反而不行了。现在，不行吧。"

"嗯……知了是没问题的，蟋蟀应该也还行吧。"

"真的吗？！"

"前一阵还抓了蜻蜓。虽然是用了网的（笑）。"

152 破坏方式

还是需要破坏一些什么才能完成什么呢。不过，要如何聪明地去破坏，就很关键了。只是停留在文字表面的破坏没有用，从这一意义中脱离了出来，去进行破坏的品位就很有必要了。

153 *BTTB#2*

最初的计划是一口气录制完个人即兴的钢琴演奏，

然后就这样制作到CD里去，将它作为20周年的作品。

"不过有一个附加条件……"

以前在进行三重奏的世界巡回演出时，他第一次体验到从"场地"那里获得灵感。

"雅典的圆形剧场和葡萄牙波尔图的剧场。那里的声音效果非常好，我觉得可以一直弹下去，弹1个小时、2个小时……"

154 细菌睡觉吗？

要做什么曲子好呢？想写什么样的曲子呢？

他不会去思考这样的事情。

弹钢琴，一点一点去尝试，看到各种不同的题材。

陷入困境了，他在偶尔去喝茶的店铺隔壁买下了待售的口琴。他很久没有这么喜欢的东西了。和别人说话的时候，也一直吹着"口琴"交谈。它的音色非常棒，所以也加入到了专辑里去。

预制钢琴，是约翰·凯奇在钢琴琴弦中间插入"橡皮"，让琴音静音后"制作"出来的钢琴。以前，我提出过这样的问题"凯奇的预制钢琴的声音，很像甘美兰①呢"。"正确。因为凯奇就是想用钢琴来演奏甘美兰，所以才想出了预制钢琴的。"skmt这么回答。

"钢琴是由米尔福德·格雷夫斯弹奏的，就是那位自由爵士的演奏家……"他合着重复播放的音乐摇动着身体，拍打着身体。

除了口琴和预制钢琴的曲目以外，他用左手拿着铅笔把乐谱全部创作了出来。

"标题是一开始就全部起好了的吗？"

"这一次是在最后起的。虽然'intermezzo'是从一开始就决定了的，但是其他的曲名，都是从累积到现在的'曲目名称灵感集'里挑选出来的。我总是在想到了什么词的时候就把它收起来，然后再适当地作为一个元素来使用，这样效果非常好。"

"'do bacteria sleep'细菌睡觉吗？真是个很好的标题呢。好像是史蒂芬·古尔德（Stephen J Gould）②的书名一样。"

"也像菲利普·迪克（Philip K Dick）③的书名。"

"Lorentz and Watson，这个曲名也有趣。"

"像是扭曲了的拜耳，是吧？"

"很不俗。觉得很机智，厉害。好像是喜剧片里的劳莱和哈台（Laurel & Hardy）^①。科学的歌舞杂耍表演（Vaudeville）。"

"对，会时不时吵起来那样。"

"这个‘bachata’指的是什么？"

"其实原本想叫它‘bolero’，但这么一来就好像是模仿拉威尔一样。不过呢，bolero也就是普通的拉丁音乐形式的名字。带有borelo标题的曲子，可以说数不胜数，只是拉威尔这家伙先用了（笑）。"

"这么一来，‘bachata’是指……"

"也是拉丁音乐形式的名字，南美那边的音乐。"

"巴西？"

"不是，是多米尼加。很可爱吧？像一个女孩子的名字。"

155 从skmt过去的原稿中进行引用

　　　　对我来说，有一个意象画面很重要。在人类还未曾出现的地球上，地球的环境让各

---

① 　译者注：1920-1940 年代走红的喜剧双人组合。

类生物得以栖息，并逐渐演变成了它们几乎可以充足生存下去的体系，我的这一想法从孩提时代开始就根深蒂固。而这一点反过来从人类的尺度去看，则是一种没有文明和文化存在的"幸福"意象。它们其中的大部分都不是百分之百进化，而是剩余的那一部分有了进化，变成了人类。正因如此，所谓的进化同这一物种有可能的进步毫无关系，也并不是物种去追求更易生存，只能说它达到了一个对尚未出现的环境世界进行不断更新的结果，即人类。作为必须接连创造出意义世界的生物，其可能性的方向，就是一边牺牲其他物种，一边继续创造只给我们自己带来意义的环境世界，这是人类反自然的自然。如果存在"恶"的话，那有没有需要人类这个物种全体来承担的、如此巨大的"恶"呢？

（摘选自1981 新潮社《波》坂本龙一"一个人了就去阅读"）

156 没有，才能

集中录音期间，skmt在一个月内完成了几乎所有的作曲，然后又完成了录音。唱片公司的工作人员和录音工程师都对这样的工作强度感到无比震惊。

"怎么做到的？我完全不记得了。"

随着录音的日程接近最后一天，他仍然在没完没了地作曲。任由他去的话，感觉他能一直这么写下去。

"虽然我觉得再多一些时间的话，肯定可以再多写一些曲子，但结果可能是这首曲子不会被创作出来吧。这么一想，就会觉得不可思议。"

"这不是该被称作'天才'吗？"有意识地使用平常不太用的词来提问，因为天才这个词不太会被这么随便使用吧。

"（笑）……一开始是没什么才能的。钢琴我也不喜欢，更何况只有自己具有才华这样的事情，我一丁点儿也没想过。"

"为什么？"

"我想啊，可能是因为我跟随的老师很坏吧。我写不出旋律，但这么一个11岁的孩子到老师这里来学作曲的话，正常情况下都是'你回去吧'或是我先教会你该怎么作曲，一般是这两种选择吧。具有真正远见的老师的话，会让'不会写旋律的才能'也有所收获，会小心呵护培养'不会写旋律也是一种重要才华'。但这样的老师一千个里面也没有一个吧。完全没有呢。"

"那么，你被指导了该怎么做了吗？"

"也没说该怎么做。"

"那之后怎么样了？"

"没怎么样。只是每天都去而已。"

157 1960年代

······以前的时代还有诗歌······所以，到沃霍为止的从前都还是有历史性的······但那之后就没有了······不知道那之后全都乱了套了。如果知道了的话，恐怕会羞耻到不知所措。希望是在知道了情况之后再开始吧······1960年代，已经全都遭了殃。在那上面撒上白糖使其甘甜，用 MAC 来做就是很有型了吗？真是傻瓜啊……没有了知识和教养，甚至连自己的所作所为全都失败了也不自知……舞蹈家坎宁安小姐也好，时隔32年倾听的小杉武久也好，都和以前完全一样……都是那么有意思，虽然里面没有我已知的内容……但所谓基本就是这样吧。

158 *BTTB#3*

并不是要回首过去，也不是回归原点，而是去确认不被这些词语所束缚的、存在于本质里的内容。一面从故事和回忆中逃脱，一面回到基本。

1998年12月7—13日○东京

SKMTBTTBMPD98——青山6丁目的一个活动空间MODAPOLITICA成了"活动"会场。他决定取消历年举办的圣诞音乐会，今年以连续1周的形式，在这个非常小的空间里进行"演奏"。

这个会场，平时是举行时装展示或举办派对的空间，并非音乐会的会场。

晚上8点过开场。进入场内，只在靠墙的地方放置了一台MIDI钢琴，在那前面放了一个旋转台。黑色的音响喇叭叠起来，用带子固定住。观众可以坐钢琴周围的坐席里，也可以一边到处走动一边听。这是一个惊人的开放性空间。从天花板上垂下来的透明的细塑料带，上面印刷了白色的单词，在灯光照射下闪闪发光。

没过多久，到了时间，他从后台走出来。不拘小节的造型。他点起熏香，喝一点红酒，从自己带来的箱子里选出唱片开始DJ演奏。什么计划都没有，就是当场决定今天要放什么，然后进行混搭。有民族风的时候，也有吵闹的时候，演奏一直持续着。曲目与内容似乎并不相符，还是在向前推进。而配合DJ，空里香①创作的、只有文字和粗糙质地的投影投射在墙上。不过，那也是手动的，会场的气氛就似乎好像是1960–1970年代的前卫音乐活动那般。各个时代的音乐在这个地方混合到了一起，让人联想到这仿佛是下一个计划，也就是为了歌剧而进行的"练习"一般。

DJ演奏结束后，他开始用钢琴弹奏收录在*BTTB*专

①　　译者注：制作人。

辑里的曲子。先是从预制钢琴开始弹奏，每一曲他都抬头仰起长发，充满感情地，在调暗了光线的空间里弹奏。这些曲子既让听众们觉得怀念，又同时给出了一种未知的感情。现在，我们处于哪个时代、哪个城市，这音乐让人不知身在何方。对失去故土的人们给予温柔关怀，以及类似扭曲感觉的钢琴小品。

最后一定是以Y.M.O.的钢琴独奏来终场。歌声、笑声、掌声，是圣诞节前的愉快时分。不是什么夸张的大作，而是小小的奇迹的音乐。如此精彩的一串。

摘自日记

1998年12月25日○澳大利亚

在他官网的日记栏里，有如下的文字更新。而且，也添加了他用数码相机拍摄的无人海滩的唯一一张照片。那是在 MODAPOLITICA 持续一周的活动结束后，前往澳大利亚度假的他，从当地发回来的内容。

8点起床，吃完午餐后，去海边。音央①一开始还很害怕，但后面就

---

① 译者注：空里香的儿子。

能逐渐乘着浪，两个人尽情享受着冲浪。

虽然说是冲浪天堂，但也有相当高的海浪会拍击而来。入夜，和音央两个人在泳池旁仰望着夜空。

音央说："夜晚真是好啊""倒映在水中的火光真漂亮"。

今天是圣诞节，所以酒店里很混杂。这只是一个没什么意思的纯粹的度假村。

由虐杀土著居民的民族后裔经营的商业设施，无趣的土地。

掠夺了他人先祖延续了几千年的土地，被掠夺了一切的土著居民的内心又是如何惨痛呢？

看着自己曾经的土地变得如此丑陋不堪，他们的内心又会如何呢？

人类，还是没有希望啊。

人类变成了残忍的、下作的、破坏性的动物了。

从人类尚存有一点希望和优雅的
"电影"中去引用。

159 战 争 1998年12月29日○东京

我在惠比寿的威斯汀大酒店的咖啡厅里等候skmt。他昨晚刚从澳大利亚回来，看上去脸晒黑了一些。

我们聊起了由英美联军发起的伊拉克的空袭。

契约、条约、同盟，破坏了所有的规则，失去了效力。这是解开了冷战封印之后的世界。小型的战争在世界各地都很容易发生。今天是巴格达的故事，明天大概就是朝鲜的故事了。

尽管到处都有战争的危险，但战争本身却变得越来越隐蔽。

攻击方看不到被杀害对象的肉、骨、血，是既看不见也触不到的战争。

看不见的战争。

战争在我们每天收看的同样的电视屏幕里发生着。

"在那里实际有人死亡，但谁都没有实感。"

酒店的大堂里洋溢着农历十二月的紧张忙碌气氛，但看上去却缺少了某种热闹的东西。大家都觉得这样的日子理所当然会持续下去。说着新年或年末，也有着如此实际感受的，不需要怀疑、抵抗，或者展露感情。因为热负荷不断增加而热死亡的宇宙①。他不怀好意地坐在椅子上，平静地继续着战争的话题。

160 和丑陋到绝望的人永别

……去了才知道这真是一个巨大的度假村，其海岸线比迈阿密的长很多。这是个被叫作黄金海岸的地方。因为对澳大利亚完全不了解，只是去旅行社谈了一下就帮忙约好了……在极为广阔的领地里，像赌城拉斯维加斯那样的霓虹灯、游乐场和赌场接连不断。原住民因为没有铁器，所以在英国人侵略的时候几乎没有战斗就被夺取了土地。侵略者居然把土著居民的土地变得那么丑。

丑到绝望，真是让人怒火中烧。

---

① 译者注：热死亡在热力学上称为热寂（Heat death），科学家认为这是宇宙命运的一种理论上的结局。宇宙中的无序度会不断增加，当无序度达到最大，宇宙中所有物质温度达到热平衡，全部转化为热能，于是热寂出现。

但是，我在这里感受到的是 20 世纪末在全世界正在发生的事。澳大利亚原住民受到的伤害虽然是英国人造的孽，但也不仅是英国人，而是全人类一起造成的。

诗人田村隆一在最后的诗集《1999》的最后这么写道：

永别了　只留下遗传基因和电子
工程学的
　　人类的世纪末
　　1999

作为他死前写的最后三行诗，作为最后的最后的遗书，写得太到位了，我觉得也很时髦。

啊，就只有这样了吧，就只有和丑陋的人永别了。

161 所谓拯救到底是什么?

贝托鲁奇导演对他这么说过:

"没有救赎,也是救赎。"

这句话像诗一样美,但这也并非一句话就可以终结。

他去寻找自己可以认同的答案。

所谓救赎,即自己在死后被微生物和昆虫分解,成为下一个生命循环的营养。他曾说过这样的话。

代谢,新陈代谢,他觉得那才是唯一的救赎。

"所以,我总是说等我死了之后请帮我进行土葬,但现在的日本也不允许土葬了。埋的人还会因为尸体遗弃罪而被抓(笑)。不认同土葬的国家,是不是很野蛮啊!完全不明白生命的本质啊。"

162 恶与衰弱

第一恶的诞生 —— 据说在一万年前因为农耕的发明,粮食有了保证,人口也由此有了爆发性的增长。

第二恶的诞生——从19世纪末到20世纪的产业革命，加上医疗革命，以及伴随而来的人口爆发。

说到优生学，就好像要变成纳粹一样，但其实优生学的思考方式是马尔萨斯（Thomas Robert Malthu）的人口论，以及以其为基础的达·芬奇的进化论，它们都是扎根于欧洲近代思想里的、原本就有的发散性思想。随着医疗革命的发展，本来应当被淘汰的羸弱基因留了下来。人类的羸弱基因不断积累起来。虽然这本身并不是件坏事，但随着人口增加，经济活动的竞争和竞争的商业主义都被加速了。感觉现在所有恶的源头是环境和伦理、文化的破绽呢。

当然我并不觉得羸弱的基因去死就好了，相反，我对于马古利斯类型的共生进化论有着同感。羸弱的基因，被强势的基因所吞食、融合，进入其内部进行共生进化。从长远来看，人类会将羸弱的基因编辑进去，所以人类总体人口是增长的，但也是衰弱的。随着医疗革命的发展，种子逐渐变质，越来越弱。所以，从地球整体来看，人口数量越是增加，越是接近灭亡。

虽然已经是相当糟糕的状态了，但从长远来看，也会觉得就这样算了吧。

是非常复杂的心情啊。

163 光

那是，人类最后的灭绝之光吧。

还是救赎之光呢？不知道。

无论哪种，故事的最后都是因为光而告终的。

也许那是宇宙大爆炸的光。

不，那也许是最后的光。也许那个最后，也是一种开始。

164 人类呢?

孩子和他说:

"你知道吗? 苍蝇也是有用的呢!"

孩子正沉迷于法布尔的《昆虫记》,眼里带光地说:

"世界上如果没有了苍蝇就会非常麻烦,你知道吗?"

他点头说是啊。孩子继续向他提问:

"那么蚊子又有什么用呢?"

他带着被问住了的表情说:

"法布尔先生没有时间,你来研究一下也不错啊。"

孩子又思考着什么,然后问道:

"那么,人类又有什么用呢?"

165 我们的想念是什么?

……从以前开始就会积聚挫败感,但我和海豚一样无法将想法原原本本地完整表达出来。为了向他人表达,我必须将其修正为包含时间在内的四次元,一定会采取以时间作为次元轴的线形形式。歌剧也是这样，电视剧也是，音乐也是，都是不自由的时间轴的产物。对此，我从以前开始就一直感到挫败，为什么无法表达，无法向他人进行表达，也就是说表现这件事，是一种可以向他人传达的形式，对吧。它是在时间轴上进行置换的事。但是我们的想法，却无法被放置在时间轴上。把它称为全息技术（Holography）也行，是一种在一瞬间里整体存在的状态。做梦也好，想法也好，想象的画面也好，一旦修正了时间轴，它就变成被翻译了的东西，和想法不再是同一个东西了。创作的人和听到的人，都不得不靠向非常不自由的时间轴上去。所以书都写出那么多了（笑）。就如象征主义诗人马拉美曾说的那样，世界的所有存在于一瞬之中，这样的象征也是好的。为什么呢？因为我们的想法就是这样的……

"虽然想去思考新的东西，但却感觉没有闲暇与空间。因为有这样的气氛，未来也变得像是追忆一般，会朝着那个方向去想象，或者说会感觉思想的箭头朝着那边去了。"

"关于未来的想象画面，只存在于过去，我们能做的事情就只有追忆而已，这并非只限于日本，全世界都是一样的吧。全世界都没有所谓积极的想象力，全世界都没有呢。虽然心里明白，但即使如此，我也没有像手冢治虫所做的那样，想要提出一个'明朗的未来'。"

"因为生命没有'希望''未来'这样的词语也可以继续下去。"

"'希望'也好，'救赎'也好，'未来'也好，无论哪个词都好，只有人类才需要这些东西吧。对于黑猩猩来说是不需要的，对于人类来说却需要。这一点是我想要表达的。"

"这不是现在是否存在于此的问题，而是

想要表达展示出来这件事。"

"嗯。我虽然不太懂尼采，但作为问题来说，很相近吧。人类虽然没有救赎，但却必须有展示这一理念的精神。虽然我非常深刻地绝望了，但是绝望却毫无帮助。感觉还有一些别的什么精气神在。"

167 阴／阳

歌剧的课题——想要以安魂曲的形式来体现。虽然很简单，但问题不在这里，而在于要如何表现阴与阳，特别是阳的部分。要将什么比作阳？也许可以把它称之为"救赎"。

……人会死亡，人类会灭绝。死了之后就会被分解，然后再进入循环。承认这个现实，虽然人类可能会走向灭亡，但微生物可以继续向前进化50亿年，这就是阳吧。而这，和人类的希望、未来这些都没有关系。

……我对生命的进化能力深信不疑。例

如，哺乳类动物可能在这个地球上全部灭绝。这并不是什么夸张的话，但是从阳的视角去看，这也是好的——这就是救赎的视角了。

……我觉得哺乳类动物的灭绝很可悲，因为它是人类的来源脉络，那样一来就成了安魂曲。但是，同样的事情从生命的脉络来看，从进化的脉络来看，它就是阳。这不是在谈论好与坏，这样的事情本身就是"阳"。我想我所说的救赎的画面，就是从此处而来的。

……地球本身大约再过100亿年也会消失吧。细菌到了那时候也会四散在太空中吧。再往后的事情就不得而知了……

168 不整齐／摇摆乐的低保真度

听上去很意外，但skmt其实很讨厌电子音乐（techno music）。电音虽然重复，但他却想要在哪里将这个组合破坏，使它变得交错、不整齐、随机，不断从规整的构造里逃脱。

　　……虽然有人每个月向我制作的 FM 节目投稿，但是，有时候会混入迄今为止从来没有听到过的音源。电音太过规整，没有交错不好玩。这些向我投稿的年轻人里，会有节奏生硬，故意做成不相符的音乐的情况。摇摆乐的低保真度这个词，就是从他们那里听说的。摇摆乐是不相符的，也有几个做出微妙的不相符的人。波动着，摇摆着。

　　……说到生命，当氧气变得稀薄了，也会有相适应的细菌出现吧。那就是所谓的"分栖共存生态"①。肯定是它们觉得氧气正在变得稀薄，所以，开始推出了迄今为止没有的东西。肯定是这样。

　　……没有这样的波动，是无法燃烧他们生命的火焰的。因为没有波动就会停滞，就会死亡。

　　……我从以前开始就不喜欢电音。因为太过简单纯粹了，没有什么感觉。具有波动的音乐终于出现了，但那是电音之后的事了。

---

①　译者注：日本生物学家今西锦司提出的概念，指两种以上生活方式相似的动物，合理分享各自活动时间以及活动场所的一种共同生存状态。

······没有其他类似的音乐了。会有经历
电音和民族音乐两者之后出现的产物吗？

169 end

相互吸力和斥力，也就是磁力。这就是宇宙的所有
了吧······

我们用这个词结束了采访。与其说是结束，不如说
是连续好几杯茶把人喝厌了，采访也就自然结束了。

在那之后，就是关于歌剧*LIFE*所要使用的文案而进
行的讨论兼杂谈了。午后的太阳已经低沉了下来，酒店
的咖啡厅染上了黄昏的气氛。

他说，先用马古利斯和栗原康的书籍做剪报吧。为
了寻找意象画面，两人谈到了在波尔坦斯基（Christian
Boltanski）的作品中被用到的各种人物的专辑照片、收
容所里的人物肖像、波斯尼亚的家庭照片，以及与之相
反的、用静物手法拍摄的在超市销售的涂鸦颜料。

"用线性的方法来捆绑故事，真的是不可能的"，只
有把它作为一种被打散的卡片，才能予以成立。说到这

里，他点点头。

"的确如此，所谓统一的表现，完全想不出来。"然后他用谈论他人般的口吻这么说。

"大概会有20世纪和生命系这两个主题。到目前为止，我自己并没有觉得，但其实20世纪的部分是属于比较阴的那面，描述着人类的犯罪；而生命系的那部分是比较阳的那面，描述了就算人类灭亡生命也会继续下去。我肯定是这么想的。"

然后……然后，我们穿过临近年末人气逐渐稀少的东京街头，前往涩谷，前往与barukotu图书中心接邻的rogosu看摄影集。

他买了安德烈·古斯基（Andreas Gursky）最新的摄影集和德国恐怖组织"红军支队"的领袖之一的迈因霍夫的摄影集，以及Sputnik的杂志书[1]。找了阿伯里吉尼的书但没有找到。这应该是今年最后一次逛书店了吧。

回到地面，已经入夜了。不怎么觉得冷。因为把车停在了代代木体育馆附近，所以我们在那周围一边走一边说着话。那时候，说了什么记不清了。留在耳边的，只有只言片语。在涩谷的义犬八公像前分别，skmt说："我觉得没有什么事情是一个人就能做到的。我也没有

　　[1]　　译者注：苏联发射的人类第一颗人造卫星"伴侣号"。

兴趣。"他挥挥手，一个人走下坡道去了。

一个漫长的下午结束了。

170　从那之后

随着1999年的开始，歌剧*LIFE*项目也正式启动了。在正月的报纸上作了告知，召开了全体会议，视觉、舞台、音响、文案、网络等相关的人员集合起来开始了行动。项目的整体面貌、*LIFE*的记录等，也想用别的形式让大家看到。

ars longa vita brevis.

艺术很长，而生命短暂。skmt还将继续。

skmt 2

171 计划版本2 ╱这本书是怎样写成、怎样制作而成的？

1999年8月10日，*skmt 1*出版问世。从1996年4月15日在纽约的采访开始，一直到1998年12月29日的东京，实际过程接近4年，以坂本龙一和后藤繁雄不断反复进行的对话作为素材，由170个片段组成。留白了3年之后。这里将展开*skmt 2*（重新开始／重新营业）。

作为标题的*skmt 2*，是从坂本龙一的域名标记上获取的。

这里的版本2，是*skmt 1*的延续，既不是固定的，也不是决定好了的。这一版的原稿，也是再一次以一种草稿的方式"匆忙"写成的，如果可能的话，今后也会进行改写，不断变化样貌。这是能常常进行改写，继续被编辑的文本。

把他人当作自己那般，把自己当作他人那样。

把某个人物当作谁都不是的人。

无论谁在读到关于他的故事时，都会觉得写的是自己。

172　从世纪末到新世纪I（DISC和BOOK）

这3年里主要的CD唱片——*BTTB*、UraBTTB、*LOVE IS THE DEVIL*、*LIFE IN PROGRESS*、*RAW LIFE*、*LOST CHILD*、*L.O.L*、*IN THE LOBBY AT G.E.H IN LONDON*、蛇眼电影原声带、*CASA*、*COMICA*、*Minha vida como um filme*、《变革的世纪》、*ELEPHANTISM*（《"象"往的人生》）等。

这3年里主要的出版物——《少年与非洲——音乐和故事，围绕生命与暴力的对话》（与天童荒太的对谈集）、《NAM生成》（共同撰写）、《地球日论坛书》（*Earth Day Forum Book*）（共同撰写）、《非战》（坂本龙一+sustainability for peace编）、《反定义——致全新的想象力》（与辺见庸的对谈集）、《末日的警钟——地域货币的希望与银行的未来》（坂本龙一+河邑厚德编）、《坂本龙一的非洲——ELEPHANTISUM》。

　　歌剧*LIFE*，来自坂本龙一个人对20世纪的概括。在新世纪到来之前，他说过，"人类必须从20世纪的负债开始21世纪吧。"不要给地球环境带来负担，为了想象力丰富地生活，开始创意组合code项目。而且，他参加了扫除地雷的宣传，去往莫桑比克，也往来于肯尼亚私人旅行，地球日的论坛企划，code new village 展览等ELEPHANTISUM（"象"往的人生）。

173　从世纪末到新世纪 II

① 纪念2000（Jubilee2000）

（摘自skmt SOTOKOTO OCTOBER 2000 ISSUE）

　　我正在积极地推进针对冲绳峰会的、向G7首脑们呼吁必须减免债务的运动。U2的波诺、拳王阿里、尤苏安多尔（Youssou N'-Dour），以及教宗圣若望·保禄二世等，也都赞成这一运动。这一运动就叫纪念2000（Jubilee 2000）。

② 在马塞马拉

（摘自skmt SOTOKOTO OCTOBER 2000 ISSUE）

人类活动对自然造成的影响巨大。照这样下去，地球的自然状况将切实地被破坏。从地质学的时间上来看，这些以往不曾有过的自然破坏，正在令人恐慌的短时间内进行着。那么人类在完全破坏完了自然之后，又是否能在人工环境里生存下去呢？我觉得是不能的。我们掌握的关于自然的知识，依然是令人不安的不完整和不成熟的。如果说可以继续生存，那我们人类能做的，就是将20世纪的活动，转变成可持续性或是循环性的活动。不那么做的话，那我们就是自己往自己脖子上套紧绳索。迄今为止，破坏了自然的智人就迎来了灭绝，这样的结果虽说也是合乎逻辑的，但将其他物种吃到灭绝，这完全不是那些被灭绝了的物种所能匹敌的。

自然唯一的敌人就是人，人类简直就是发疯的猴子。到底为什么这样的品种会生存下来了呢？人类学能回答这个问题吗？

③ I am walking　skmt20010207

（引用为中岛英树的海报所写的文案）

森林中的温度，一步一步在变化。

温度本身并不是线形的。

喜爱单纯的我们的大脑，无法抓住这一变化内在的原理。

人类的知性，还很幼稚。

还原了多样性的狼群和一匹狼是不同的存在。

分子群的行动和单个的行动是不同的存在。

我们到了 20 世纪的后半叶，终于有点模模糊糊地明白了。宇宙既不是天动说[①]，也不是地动说[②]，但又两者都是。

④ 清除地雷　skmt20010318

（引用关于 Zero Landmine 的原稿）

不仅是地雷，20 世纪的负面遗产都不应该留给下个世代。期望这个世界不再因为财富、权力和宗教而杀人，大概还属于青涩幼

---

① 译者注：太阳围绕地球旋转，唯心主义的主张。

② 译者注：地球围绕太阳公转。

稚的妄想吧。我不想把它认为是妄想。应该是我们如此期望，它就应该实现。一切都是从"希望"这件事开始的，不是吗？

⑤ 关于里约

（摘自skmt SOTOKOTO APRIL 2001 ISSUE）

9年前在里约召开了世界环境大会，裴宾也参加了。"街道上没有垃圾"，和纽约很不同，延绵17公里的海滩也很少见到垃圾。我想到了17年前第一次来这里，看到清晨穿着橙色制服的清洁女工们，列成队从宽阔海滩的这一头慢慢清扫到另一头。真不愧是拥有"奇迹的环境城市"库里蒂巴（Curitiba）的巴西啊。克服每年人口增加的城市问题同时可以守护屹立的岩山自然。但与此同时，现在依旧在继续砍伐亚马孙森林。裴宾说："神明让300棵树木在亚马孙倒下，就一定会让这些树木在别的地方复活再生吧。那里一定有猴子也有花朵，流淌着清澈的水。我呢，死了以后会去往那里的。"

⑥ WTC911[①]　skmt20010922

（引用给朝日新闻的投稿）

　　我在想，暴力只能带来暴力的连锁反应。进行复仇的话，更加残暴的恐怖伤害，不仅限于美国人，还会波及全世界的人类。拥有了巨大破坏力的人类，绝不能打开潘多拉的魔盒。真正的勇气，难道不是选择不复仇的勇气吗？能不能斩断暴力的连锁反应呢？

174 美国幻想的终结　skmt20011212 TOKYO@HIROO

　　晚上，我们一边吃饭一边聊。"9·11事件"之后3个月，他回到了东京。他一回来，我们就见面了。这段时间，因为恐怖事件引起的恐慌，飞机上都空荡荡的。其对于美国经济的深度影响也开始了。他使用网络，和星川淳、枝广淳子等一起编辑《非战》。虽然已经过去了3个月，但他看上去好像还无所居处的样子。他似乎在害怕什么，畏惧什么。知道此刻无法安心，于是我便问道："这3个月，关于曼哈顿你都思考了些什么？"

①　译者注：世贸大厦"9·11事件"。

每天，都会想着哪里有避难所可以"逃命"，往哪里逃才好？虽然已经过了3个月，但还是很恐惧，害怕遭受第二次、第三次恐怖袭击，以及丝毫没有消退的爱国主义气氛。不，不仅是气氛，还是几乎每天都有压抑人权和自由的法案提出。例如，如果总统决定了"就是那家伙"，那么没有逮捕令也可以将其抓捕关押。在美国，从1950年开始，累积了50年架构起来的"关于人权的自由"，几乎在一瞬间全部崩塌了。就连讨论都没有了。现在的孩子也是如此，"二战"劫后余生的日本人，比较懂事了，所以一直将美国的《自由与民主主义》《言论的自由》《个人主义》作为范例。每个美国人都有发表自己意见的自由，都可以谈论、交换自己的意见。而现在，这些都是谎言了，全都是谎言。曾经有过像马丁·路德金这样为人权和非暴力作出努力的人，并且已经得出了成果，但在一瞬间又被全盘否定了、改写了。虽然说日本的民主主义还不成熟，但美国也是一样啊。完

全就是幻想。就连在我的周围，只要说出
"自由"和"和平"的话语，就会被当作恐怖
分子。说反对布什总统的政策，就等于无须
逮捕令便一脚踏进了深潭，时局已经一塌糊
涂了。战后，日本国民全体追赶的美国，真
的在一夜之间终结了。

175 来自帝国的避难

　　和他亲近的美国人，据说卖掉了自己旧金山的房
子，用这笔钱第一时间去牙买加避难了。警察国家美利
坚，要塞国家美利坚，美利坚帝国，用监测卫星审视整个
地球，就算不一一轰炸，从太空发射镭射激光炮也可以
进行攻击了吧。而且误差精度只有10厘米。

G　　会陷入虚无主义吗?

S　　不会。不过，所有的国家早晚都
　　　会把水、粮食纳入这种疯狂的事态
　　　里去。而我，在等着美利坚像罗

马帝国那样自我破坏下去。

176 非战／逃吧

非战，也就是废弃所有所谓的争斗，但在这个连"不争斗的自由"也说不出口的社会里生活，这种失望和绝望，还有坐立不安，待不下去的样子，他并不想掩饰。

以前在创作歌剧*LIFE*的时候，他虽然说过"新世纪要为20世纪还债"这样的话，但"9·11事件"，就像是其所预言的那般。居住在曼哈顿这件事所意味的危险，以及伦理、讨论和由它们构筑起来的历史全都被剥夺了的危机性的状态。

"你想过往哪里逃吗?"

"没有安全的地方。全世界好像都变成了巴勒斯坦。所以说，我也没有想过要一直住在纽约。没有想要硬撑的意思。"

　　在自己创作的音乐里也有所反映，非常巨大的反映。因为还是不得不去思考"人类的终结"这样的事。那不是希望，也不是中和、净化这样的事。因为，已经可见"人类的终结"了，而音乐则成了"提前的安魂曲"。将既成法律的东西再次破坏，回归到真正的人权，那是非常繁复的操作。不过，我具体的"希望"还是能量。我想这是自然能量。哪怕小小的也没关系，依存于从自然那里获得能量的"社群""地域"会逐渐增加。因为只要对石油能源的依赖降低，"他们"能获得的巨大权力利益就会消失。这样的话，全球变暖的进程也会减缓。各地域自立的、地球身体的能源供给，这些方向在全球加速中。那是太阳、是风、是食物，还有水。这些自然环境回归到地域，使之能回归自立。这就是具体的"希望"。

　　清澈水源、雨水丰沛、太阳光照充盈，只需要这些，食物就会好吃。还有安全、安心、政治性的自由。想要尽早找到符合这些条件的地方。

　　相对来说，比较安全的就是巴西了。里约是最大的候补。要求再严格一点的话，那就是东非马赛人生活的那种，热带草原气候。尽管是相当不容易了（笑）。不过，考虑到真正的"安全"，那就只有去那些地方了。选择的范围非常有限。虽然想逃，但实际上逃到世界哪个角落，情况都是一样的。不过就算去"掩耳盗铃"，也逃不成。也就是说，糟糕的新闻里都是小布什他们又把世界变成了什么样子，又发生了一些什么事情。而不收看这些内容，也就不知道什么时候是逃走的时机。

179 想象力

如果东京被导弹袭击了，我想肯定也会有很多人赞成去复仇吧。但是也会出现说"别这么干""别去这么做"的人。要拥有这样的想象力。

180 巡回展出 code new village exhibition

此时、此刻，我们又能做些什么？非暴力的、不为地球增添负担的生产、能源的自给自足、地域货币和社群的建立、想象力与艺术的力量……code 是 1999 年 10 月组建的创意团队，是为了实现这些内容而组建的。它结合了各类艺术家、NPO、农业人士、自然能源的开发者，将大家组织到一起来进行示范展。它既是教育性的工作坊，也可能是今后可以实行下去的、关于自然与环境的环保旅行之类的项目。我们不是要展示完成状态，而是将未完成的开放性的运动原原本本地展示出来。新村庄（New Village）在哪里呢？

181 塞巴斯蒂昂·萨尔加多的照片

《非战》的卷首插画里，有一张照片，是塞巴斯蒂昂·萨尔加多（Sebastião Salgado）拍摄的阿富汗的照片。

这张照片是我在朋友的网站上见到的。除了照片之外，就只有"在轰炸开始前就已经被破坏了的阿富汗"这一简单的说明。"一张照片里，道尽了现在所正在发生的所有事情。我想，艺术真是拥有了不起的力量。"

　　动物不会使用语言，但是却拥有高超的沟通技术。不过，人还是人，需要语言。可能有一个词，会让拉姆斯菲尔德也有触动。

　　不过因为人类还处于所谓的"幼年期"，所以可能这个词还没有被开发出来。不过，现在正值开发的好机会。虽然地球拥有几十亿人口，但获得诺贝尔奖项的只有几百人，谁都没有掌握这种沟通语言，没办法把对方好好地安置在"语言的赛场"上。在这之前，多少人有这种自知之明呢？能好好提问的人都很少。这一次，世界五大宗教的语言也无法表达，就已经开始了"战争"。成长完善了近一万年时间的宗教全部都败北了。真的是在挑战人性。

　　而音乐也可以是没有语言的尖锐武器。让拉姆斯菲尔德这样的人听完之后会说出"对不起"来的旋律，不能说完全没有这样的可能性。我是这么想的。如果情况不是这样，那一切都已经结束了吧。

183 万物有灵的力量

万物有灵论（Animism）是我们还没有用到的财产。它和欧洲的思考是完全不同的另一种巨大精神财产，但感觉这一力量一直处于下风，都已经几千年了。是啊，万物有灵论一直都是输的。新西兰的原住民被虐杀，北美的美洲原住民被虐杀，南美的印第安人被杀害，日本人也是自己毁灭了万物有灵论的。因为到了明治时期，之前所有万物有灵论的神道，出现了一个巨大的切割，都变成了国家神道。现在就只有阿拉斯加和西伯利亚还仅存着一点点。但只要还有留存，就已经很重要了。

从年末到年初，他停留在东京，过着住酒店的生活。窗边排列着最近正在读的书。例如，《概述澳大利亚史》。"很想知道之前原住民的事情。澳大利亚不是有很多地方和美国很相像吗？想要查一查是怎样的历史。"其他的书，有俾格米矮人族的书《森林与人的共存世界》。也有针对孩子的《砂糖的世界史》。"砂糖，和红茶、咖啡并列一起，属于殖民主义代表的商品。它们是如何被生产出来，来到我们生活里的，书里就有解释。"

无论走到世界何处，都会看到殖民主义。殖民主义现在也还有啊。每次到什么地方就会有强烈的违和感。去到肯尼亚有，去到巴西也有。从以前起，这种违和感就一直在我身体里，我也一直抱有疑问，这是为什么呢？仿佛像被打乱的、一片片的拼图一样，还没有将这些拼图碎片拼好的感觉。好像永远无法拼完。

各地的原住民们也开始了年轻一代重新学习先祖语言的运动。这么一来，与之分列界限两端的现实就是，我们也并没有什么改变。我很想同这些新世代进行交流。我们以前也是原住民，但丧失了这种智慧，特别是环太平洋地区的蒙古人种，将仅存不多的智慧与各地进行交流，例如，能否再复活一次以前的航海术之类。我想，这样的运动真是太棒了。航海术就算曾被带去了波利尼西亚一些地方，但因为没有树木，就需要从加拿大的北部运过来，需要互相帮助着来进行。在那里再加上阿伊努族。这样的共同协作真的很有必要。北美和南美的原住民们的，从这被抢夺了500年间的历史视角来看，必须要逐步回到主流里来才行。而且，作为被剥夺、被改变的一个地域，我也觉得有必要重新思考日本的明治维新。在殖民主义这一巨大运动之中，日本人因为是用自己的双手进行了破坏，所以逃离了被殖民地化的结局，但这也必须在全球范围内再验证一次才行。不这么做，就无法看见我们自己。

186 哲学的终焉／日本 skmt20020104@TOKYO

1980年代的"后现代主义"是"哲学"的终焉。而且，1990年代初期苏联解体时，延续了2000年的哲学真正宣告终结。在那里，对抗思想，以及由此而成立的哲学消失了。

"空壳之说"说的就是后现代主义，而这种状态在进入新世纪之后也继续延续着。媒体、教育均如此。没有什么依靠基础建立起来的东西，所有的都是后现代主义状态。不管是搞笑也好，其他什么也罢，都不是真的，大家都明白是胡说八道，但也就呵呵地笑笑。是个空壳。从国家角度来看，傻瓜变多了也不错。这是比起懈怠来更为糟糕的状态。就算是打仗了，从一万米高空投下炸弹，或是用导弹进行攻击，去不断杀掉活生生的对手这样的精神负担被逐步消除了。只要根据系统、操作手册去进行攻击，就可以自动地克敌制胜。我觉得拥有这种脑回路的人正在增加。哪儿都是如此，全世界都是如此。

杀了人也感觉不到疼痛。会疼的只有被杀死的那一方。

没有了需要对抗的人和事，这就是现状。小布什所说的"不是朋友就是敌人"，是凌驾在苏联解体之后继续的，空无之上。是朋友还是敌人，变成了和逻辑推理一样的东西。而所谓"非战"，就是连对方是敌人这件事也拒绝，不想被认作是应战和反战的构成。我觉得"非战"，属于刚刚开始的一种思考方式。虽然它的幼芽在以往的历史中也存在，但今后它将继续锻炼长大。虽说是锻炼，但那也不是斗争，只是将其文字化而已。还有就是自给思想。通过 code 或是 Artists' Power，或是能源系统，或是通过地域货币等具体行为，哪怕前进一步也好。

187 失落感／希望的力量

年末，时隔很久与他见面时，他说要从纽约出逃到其他地方去，但大家都知道无论去哪儿都是逃不掉的。即便知道，失落感也已经成了支配这个时代的沉重感情了。只不过，大家同时又都强烈地追求着"出口"和"希望"，迷茫着，彷徨着。我询问他，体内的失落感和希望的力量是如何平衡的？他嘟嘟哝哝地说"不是"，"失望了的才是本心吧"。

对我们而言，从某种程度上可以说几乎所有的东西都是从美国学来的，包括自由和民主主义。即便说是反战，也同样是摇滚和嬉皮、精神世界的事务，或是人权与社会的存在方式。结果，被训练出来用美国人的"眼光"来看世界。但现在又明白了那全都是骗局。这么一来，失落感当然非常大了。只不过，和继续相信这种谎言比起来，明白那都是谎话连篇、都是幻想的做法才比较健康。如此一来，也清楚了真正的东西只有依靠自己的双手去抓住，除此以外别无他法。

现在的我，认为失落感和现实的希望，是一样的。

188 在相互关联的世界里／将信息的不对称变对称

虽然这并不是因为谁下了指令才开始的，但世界正相互关联起来。印度、巴基斯坦、菲律宾、以色列、索马里……又或是股价的波动、汇率上下……权力方也好、企业也好，大家都被关联在了一起。无论是否喜欢，大家都住在这个地球上。什么东西如何运转，以及又引发了什么，对此进行观察，然后再好好认知、理解。只有这样才能开始些什么吧。

了解对方所有的动向，但尽量不让对方知道自己的动作。权力方也好，企业也好，大家都在控制着这种信息的不对称。非对称的情况越来越普遍。既然能够对阿富汗进行轰炸，那么阿富汗能否把华盛顿炸掉呢？这种达不到的非对称构造越发固化了。那么，它是以什么理由来左右世界的呢，要看清这一点也很困难了。但现在也有了新的动向。1960年代，有为了反战抗议而死去的宗教人士，但现在却几乎没有了。尽管没有了类似的中心人物，但全球拥有几十万人规模的反全球化集会的运动则在扩大。在非对称的另一面，也正在开始了崭新的、有趣的事。

189 根据新农村会议而 进行的发言记录 skmt20020320@NEW YORK

为了4月26日到5月20日在涩谷PARCO画廊举行的"code new village展"，先在纽约开会。这是机关刊物*unfinished3/new village*（商品图刊）最后的编辑会议。会议从无暴力T恤、古代米①、环保单车、纸质的鞋子等日用品，谈到去年在六本木ZONE举行的PLEASE活动今年要怎么办。地域货币few的工作坊要怎么做。关

---

① 译者注：日本自古以来栽种的有色米。

于会场结构，要和大阪graf公司的服部滋树君一个一个地讨论怎么去推进。这一次，由无暴力系、环保系、新农村系三方组成的code学校也在计划中。嘉宾将邀请GRAY乐队的TAKURO先生、辻信一先生、EIWAT的柴田政明先生、A SEED JAPAN的羽仁KANTA先生，地球花园的南兵卫先生，以及ELEPHANTISUM（"象"往的人生）的工作人员协助。新农村的形象像散乱的地图，呈马赛克的状态漂浮着。它不是将规整的巨大的世界或是国家一样的东西放在中心，而是漂浮着的碎片，在某个时候集合起来形成了社群……

我有点挂心，也读了武者小路[①]他们的"新村 atarashiki mura"的关联书籍，但完全是资本主义的乌托邦思想，是公社思想。这和 code 在 few 所说的几乎一样，依然是食物、自然能源，以及水。虽然作为结果，理所当然地和 1960 年代的嬉皮一样没能顺利进行下去，但是值得学习的地方有很多。我是在城市出生长大的，如果被放逐到自然之中，完全没有生存下去的方法，但不知道为何，依然每天被自然深深吸引。只是

① 译者注：此处指武者小路笃实，日本小说家。

待在城市之中的话，已经全然感受不到刺激
了。虽然在这还有想要见的人，这一点也很
重要，但是和从自然那里接收到的刺激相比，
城市里人为的刺激真的很无聊了，我真的是
这么想的。

190 *ELEPHANTISUM*(《"象"往的人生》)／ 倭黑猩猩／动物的启示

会议的话题到处乱飞。"动物也有父亲、家庭这样
的存在，而它们的关系建立和伦理观，有许许多多可以
作为人类的榜样。"我这么说了之后，他聊起了此前刚刚
在肯尼亚收录的DVD*ELEPHANTISUM*(《"象"往的人
生》)的话题。

说到大象，它的寿命很长，说不定比人
类的寿命都要长。大象出生 20 年之后才能长
成成象，之后会继续成长，一直到 40 岁左右，
体形也会继续变大。大象到了 20 岁，虽然是
可以追求雌象的阶段，但实际上雄象之间会

彼此竞争，40、50岁的雄象在体形上具有压倒性的优势，20几岁的雄象完全追求不到雌象。真是一个了不得的社会。再加上，雌象一年只有3天发情期，必须在这3天里追求结合（笑）。成长期漫长这件事，意味着社会型行为和文化型的学习时间也长，所以大象沟通能力极为发达，和人类非常相近，但是又和人类不同，除了发情期以外，它们是非常和平，排斥暴力的。这一部分，给了它一个 ELEPHANTISUM（《"象"往的人生》）的标题。母系社会这一点，大概是大象社会能成为和平社会的关键所在吧。还有一个就是倭黑猩猩（Bonobo）了。黑猩猩（Chimpanzee）虽然和人类有很多相近的地方，但很暴力。黑猩猩为了守护自己领地内的食物，只要一出现侵略者就会击退对方，其他领地里的雌性意外进入领地，就会把对方抢过来。而且最近还证明了它们会以杀戮为乐趣。而作为黑猩猩分支的倭黑猩猩这一类人猿，它们却会为了回避暴力而进行交配。一个集体遇到了另一个集体，会先交配。交配变成了避免争斗而进行的沟通。它们也有雄性和雄性、雌性和雌性的交配组合，以及群体性的交配。

191 来自世界的尽头

接近埃塞俄比亚、索马里的北肯尼亚有一个巨大的湖泊，托卢卡纳湖。他借住在湖畔，去往一个出土了150万年前的智人骨头的村庄。他一到了那里，就有年轻人聚过来。那里，也有可以说几句英文的年轻人，突然就向他发问："你觉得本·拉登在哪里？在埃塞俄比亚吗？还是你觉得在索马里？"在没有电视、人迹罕至的不毛之地，美国的信息也到达了。

大家都知道呢。从美国的角度来看，这里就是没有文化的野蛮人居住的地方。但是，实际上当地的人民生活文化水准都很高。马赛人也是一样，有这些年轻聪明的家伙在，真的帮了大忙。东京之类的城市现在已经不

行了，日本也是一样，越往乡村走越觉得不
应该被抛弃。乡村真好哦。另类真好哦。在
世界的尽头如此真切地感受到了。

192 看到它

我和他聊起阿涅斯·瓦尔达（Agnès Varda）的《拾
穗者》（2000）。那是以法国为舞台，关于"拾荒"者的
纪录片。这是一部可爱的电影，是她在食物领域里实地
考察了世界的非对称，并将其收录到摄影机里的。瓦尔
达说："我在制作电影过程中学到的最重要的事，就是谦
虚。"在学习非战，即不战斗这件事上，我们也应该互相
尊重，做到自谦，我对他说。

最终来说还是环保吧。佛曾经说过，留
在人类身上最后的恶的部分，仍然是嫉妒与
挑衅。可以忍受贫穷，可以忍受拷打，也可
以忍受暴力，但骄傲受到伤害却让人无法忍
受。人类，就是觉得自己是这么可爱的动
物。要做到脱离自我，就必须要进行训练先

醒悟过来才行，而最好的方法就是去看动物。在非洲，角马被其他野兽叼走吃得干干净净。这是好还是坏，这有什么意义，这样的事情其实并不重要，但"去看"这件事很重要。

193 以实玛利／大猩猩的启示 skmt20020729@TOKYO

他最近逢人就会推荐这本书，自己大概已经买了10本，都分送给别人了吧。这是一本叫《以实玛利》（Ish-mael）的小说，作者是丹尼尔·奎因（Daniel Quinn）。熟人向他推荐，他就买了。想起来一查，发现环境系网站的推荐里，从某个时间开始一定会有的这本书。他一边喝着红酒，一边开始聊起了这本书有趣的地方。

一头会说话的老年大猩猩刊登报纸广告，为了拯救世界而招募学生，不知道内容的男主人公想要知道原因就去了，大猩猩就在那里。他提出了关于我们人类的文化和文明到底是什么的问题，故事就这样展开了……

大猩猩先不给出答案，故事中的主人公，

其实就是"我们"。是的，正在读这本书的"我们"。作为读者的"我们"，通过体验故事中的大猩猩和学生的对话，对自己自身意识中、潜在了解的各种各样的事情，开始产生"自我觉醒"。大猩猩是作为这一引导而出现的。

例如，文明是在什么时候，怎样开始征服现在的自然与世界的？与之相对，被征服一方的动物与自然，又或是原住民的文明、文化也是存在的。那么，要如何继续思考才能拯救现在危机四伏的世界？现在的经济与农业还有宗教，是被什么东西所一直支撑并完成的？大猩猩以对话的形式提问，并让读者进行深思。

他有一件特别吃惊的事，即数百万年前通过狩猎和采摘生活的人类祖先，突然在大约1万年前开始了农耕。这也令人类开始改变自然的形态，而这一行为改变之后也缔接到了环境的破坏。这一点直到今天也有很多地方是这么说的。但是他觉得这本书有趣的地方在于，它写到的内容和圣经的《创世纪》中的部分内容相通。

大家也许也留意到了，圣经中写到的人物都是违背了神的旨意的人。犹太民族也好，亚当也好，还有亚伯和该隐也是。亚当吃下去的苹果所象征的知识，又是什么知识呢？众说纷纭，但没有在历史中提到过明确的事实。亚伯和该隐兄弟残杀，象征的难道不也是狩猎民族和农耕民族吗？作为西方根源的犹太教、基督教问题、自然征服的起源，以及登陆美洲后杀死原住民的那些人，全部都连接到了一起书写在其中。阅读的时候，这一事实震惊了他。粮食的累积引发了人口的爆发式增长；但另一方面，还有许许多多以狩猎和采摘为生的人，在想要征服自然的人类的隔壁，以完全不同的想法、完全不同的生活方式生活着。

194 苏珊·桑塔格的《在美国》／关于平易

为了秋天自欧洲开始的CASA的巡回演出宣传，他辗转在伦敦、里斯本、米兰。正好在米兰遇到了书籍嘉年华"La Milanesiana（米兰艺术节）"，所以他决定参加。这是一个持续了好几晚的活动，第一天有苏珊·桑塔格的作品朗读会。第二天，有贝托鲁奇导演和他的合作，翁贝托·埃可（Umberto Eco，意大利著名作家）也会出席其他活动，可以说是豪华阵容（结果，贝托鲁奇导演因为自己作品制作的原因无法出席，改成了原定其他时间的节子·巴尔蒂斯，画家巴尔塔斯的遗孀和他合作了）。他去看了第一天桑塔格的活动。

　　她淡淡地朗读着2000年出版的小说《在美国》（*In America*）中的节选片段。那是从波兰到美国的移民的故事。我虽然没有读过那本小说，但听着听着，觉得很有趣呢。说起桑塔格，主要都是她的评论工作可能会给人很难懂的印象，但她说话方式平易，感觉非常淡然。她的小说里有一段波兰移民和更久以前移民而来的"美国人"的对话，那虽然是普通老百姓之间的对话，但却抓住了故事的核心，也就是，"移民之国，美利坚"。所谓美国的本质，其实就是全体都是移民。脱离了欧洲，想尽办法放弃欧洲人的身份。旧的体制、古老的权威、传统和宗教……被这些所束缚的人类是多么的不自由啊，而切断这些，人就能变自由起来。这一点维姆·文德斯在电影《柏林苍穹下》（Der Himmel über Berlin）中就曾将其作为主题，看来大家都是这么想的，来到美国，才第一次体会到了自己成为"人"，所谓的"自由"存在于美国啊。书中有着类似的对话。这本小说是在"9·11事件"之前写的，但是关于美国的本质，是用非常平易的口吻写出来的，这种表述方式太了不起了。虽然什么都还没开始，他却想到了这可能成为自己下一张个人专辑主题的灵感……

谈起他创作音乐的灵感，这是极为罕见的事。虽然很缓慢，但我在他的话里感到，有什么巨大的改变开始了。

这5年来，不，在更久之前吧，我一直在用古典风格来进行音乐表现。那是自己一个巨大的创作根源，也是容易自我表达的一种风格。而且古典风格似乎也是更容易叙述说明的一个领域。对我自己来说，也的确如此。但稍微听一下，觉得它像古典风格就合上耳朵的人也很多。最近，我发觉曾认为是"狭窄"的流行风格却变得广阔起来（笑）。当然，这不是古典或流行的问题，而是留意到了"平易"这件事。仿佛是预感一样。所以，就像是孩子也可以阅读《以实玛利》那样，我们现在正在准备的"Artists' Power"的活动，从宣传方法来看，做得好看这一点也是非常有关系的。对环境来说，对自然能源来说，只是内容正确的话，那我们现在根本没有赘述的必要，毕竟是有职责所在的。"宣传方式"说起来很容易被理解为表面的风格方法，但其实并非如此，有可能因为采取了"某种方法"才有了第一次与之关联的相关事务。不管写得多么正确，如果不能与人有所交集就无法进行沟通。我开始觉得，这一点真的非常重要了。

G　　"9·11"过去一年了。"9·11"那天
你在哪里，做什么呢？

S　　那天是 CASA 专辑欧美巡回的
一站，我在纽约的 Joe's Pub 里。
从 10 号到 13 号，每晚有两次演出。

　　"9·11"那晚，我们演奏了裘宾的美妙
音乐，这也可以说并非偶然。当然，我们在
舞台上没有说关于政治的话，只是和往常一
样淡淡地弹奏，但乐队全员都佩戴了表示非
暴力的白丝带。在和人聊起演出的时候，有
人说正因为是非常时期所以觉得特别感动，
"9·11"事态严重，而夜晚被如此美丽的音乐
所拯救了，我听到了这样的声音。

G　　那时候，你心里想到了什么？

S　　看电视就会难过到想吐，所以不看

电视。只买了一份"9·11"专题的
《纽约时报》(*The New York Ti-*
mes)。

苏珊·桑塔格出现在 *Op-Ed* 社论时,让
我稍微感到有些意外,但内容并没有太激烈。

在"9·11"那天并没有想到什么特别的东
西。话虽如此,但 2001 年"9·11"之后的美
国,以及遭受这一影响波及的世界动向,却
轻视了"9·11"的冲击。在"9·11"当天的时
点上,我觉得自己还是略微相信美国的自由
与民主主义的,但那点幻想在那之后的一年
里全部消散了。

哪怕只是住在这样的国家,都会感觉身
体变差吧。

但又不知道该去哪里好。

去哪里呢?2001 年的"9·11"之后我曾
想过,但直到现在也决定不下来。

G　　回顾《非战》出版后的这一年,你

觉得世界有了哪些变化？以及，你又要在这样的时代洪流里如何生存下去呢？有没有自身发生变化的情况？

S 我自己的话，在《非战》中已经把要说的都说了。当然，在出版《非战》之后，这个世界也在每天激荡着。曾以为会获胜的阿富汗今后也不知道将会变得怎样。阿富汗战争大概可以说是英美获胜了的吧。

"9·11"让我们清楚地认识到1990年代苏联解体，冷战结束后的世界格局。包括我在内的世界上的许多人都曾经祝福过东西方对立的结束。

弗里曼·戴森（Freeman Dyson，美籍英裔数学物理学家）的观点是，历史上的"帝国"拥有150年的寿命。古失旬氏（日本的政治学者）则认为，美利坚的"帝国"在20世纪初建立，美国霸权大约将会延续到2050

年。那么，在那之后的世界又会变成什么样呢？哦不，也不知道世界撑不撑得到那个时候？

G 那么接下来，就请让我对"能源的自立"进行提问。这件事情肯定也是因为"9·11"事件而开始进行加速的，例如现在由"Artists' Power"项目通过艺术家们自己的双手来获得能源的行动。首先，关于艺术家们在这个时代所必须要做的任务，你是怎么想的呢？

S 我想艺术家本没有所谓"……必须要做的任务"。各个领域的艺术家们怎么思考都是他们的自由，某位艺术家将什么作为任务那也是他个人的自由。

　　我没有要将什么作为任务的意识。我做什么，都只能说仅仅是因为我想那么做。

不管是"地雷"也好，"自然能源"也好，我都不是以"艺术家"的身份去做这些事，我只能说，无论我从事什么职业，大概都会这么去做吧。

如果以此作为前提，那就很寻常了，但我所说的"艺术家"，更像是一种"矿道里的金丝雀"。因为他们中有很多人具有很强的感知危险和预兆变化的能力。

也许是因为正生活在这样的环境，所以才可以说出，那应当要怎样呢？

我并不觉得艺术家就是具有特权的人士，也不觉得从社会问题逃避到艺术里去就好。

同时，虽然很矛盾，但对于艺术家来说其艺术就是全部，所以不觉得他们社会性的发言或是行动就具有特别的意义。

我自己也是这么做的，所以从没有将自己视为特权人士，也丝毫没有这么做的打算。

G 这么说，对于处于"能源支配"立场的"自然能源"运动，你又是怎么来预测的呢?

S　　能源、食物、水,在地域或国家范围内自立的行为,我想,是现在迫切的课题。

对抗全球化最激烈的思想,我想现在就是"自给"。而且"自给"就算原本不曾被称之为"过度激进的思想",在世界各地也已经经历了几千年几万年。现在的疯狂情况使它不得不被叫作"思想"了。

G　　接下来,请让我们了解一下正在进行的 CASA 的世界巡回演出。最后决定去巴西了吗?

S　　去年在日本出版的 CASA 的海外版晚了 1 年终于在欧美等地发行了。9 月从美国开始进行巡演,包括旧金山、洛杉矶、芝加哥、纽约等地,9 月 16 日之后是欧洲。

本来是打算从巴西开始行程的，但因为巴西的经济情况不稳定，没能将巡回行程圆满预定下来。非常遗憾。希望明年有机会能去巴西和其他南美国家。

不过，虽然非常喜爱裘宾的音乐，但每天弹上几十次也是会厌的，会累积不满。我觉得这是一个好预兆。这种不满会转变成下一次制作的能量。

不管怎么说和裘宾属于同一个"体系"，但我还是不同的。不同之处越来越明确。也就是说，我自己喜欢的部分看起来越发清晰分明了。

从这个角度来说，这是一场很棒的修行。

G　　那么，最近你有什么关心的事物吗？

S　　我最近感兴趣的是，智人开始农耕这件事所引发的变化。假设智人在20万年前诞生（也有其他说法），那么之后大约19万年内都没有什么重大变化，基本依靠狩猎和采摘（夺取食粮）而生存。大约在1万年前，他们学会了农业（粮食生产）这一技术，不仅给自己的生活带来了变化，同时也给环境带来了剧烈改变。而我们现在也还在这个过程之中。

我想知道那1万年前发生了什么。

在DNA组合上虽然都是智人，但生活方式的变化却让人感觉变成了完全不同的生物。为什么会有这种变化？当时到底发生了什么？我想是因为农业改变了什么，想知道这一点。说得更具体一点，在从事农业之前的我们的祖先是怎么感觉的，怎么生活的，怎么思考的，我都想知道。

与之相关，智人在几万年前大概就拥有了乐器（估计是在动物的骨头上钻洞的笛子），我想知道音乐是如何进化的。史前时代的人类，肯定知道很多自然之中非日常的声音现象。它们大概具有咒术之类的特别意义吧？

也可能会从声音中读取吉兆。不需看到动物，人类对声音也非常敏感。

　为了制作可以发出声响的乐器，又发生了什么样的变化呢？以及这种变化又给人类居住的社会带来了什么样的变化呢？音乐的变化一定是伴随着人类的意识以及社会的变化，也可能是从这些结果中得到的。

196　父亲之死　skmt20021027@TOKYO SHINJUKU

　2002年9月28日，他的父亲坂本一龟去世，享年80岁。葬礼在亲属范围内举行。

　在父亲弥留之际，他正在世界巡回演出的路上。在从布鲁塞尔到巴黎的巴士上，他睡着了。当地时间早上4点半的时候，他被工作人员叫醒，并被告知父亲过世的消息。

　坂本一龟，作为河出书房的编辑，参与了《新创作长篇小说系列》《现代日本小说体系》等企划编辑工作，以三岛由纪夫的《假面的告白》、野间宏的《真空地带》

等作品为首，在战后的文学系列中发挥了卓越才华。虽然河出书房出现过几次破产危机，但不得不强调的是他复刊了杂志《文艺》，担任主编，并培养出了高桥和已、后藤明生、黑井千次、辻邦生、丸谷才一、小田实等众多能人。如果没有坂本一龟，战后文学的流向和形式恐怕都会变成完全不同的另一番模样吧。

　　繁忙的编辑父亲不常在家。就算在家，也只是"令人害怕，不敢和他说话"的存在。"很后悔没有和父亲认认真真地交谈过。"他这么说。

197 裘宾／深度／领悟／诗歌

　　在巡回演出的路上，他经历了以往不曾有过的音乐体验。那可能也是这几年来最深刻的一次体验。

　　　　再怎么喜欢裘宾，但每天晚上演奏同样的曲目，也实在是生厌了。在结束了纽约的演出去往伦敦时，不知怎么了，与其说是对音乐的理解，不如说是自己音乐的"感情的厚度""深刻度"的潜力，突然有了大幅加深。曾经看不到的东西在某一天的演出时突然"开眼"了一样，沉了下去。而且那种感觉持续一阵子之后又突然再向下沉，如此反复三次，向着深不见底的深渊而去。要怎么说呢？……接近于"顿悟"吧。在"顿悟"的瞬间，在这之前与之后，世界都没有改变，只是自己看待世界的方法改变了。即便是同样的存在，也有了不同的理解。例如，将裘宾作为一个"物体"的话，会将其理解为某种重量、某种颜色，但是，像是被人啪的一下打到了手那样，世界豁然打开了，在演奏的时候就出现了这样的瞬间。这么一来，即便是同样的"物体"，但看出去也是完全不同的风景了。每次有了这样的体验，就会觉得越来越深入，甚至感觉到了害怕、担心。是不是舞台演出一结束，这感觉就会消逝而去，或是到了明天自己就会完全忘记呢，特意留了心眼去自我观察，好在都保留了下来。然后，就这样继续向下一个阶段进发。

　　和去年1月在裘宾里约的宅邸进行录音的时候相比，

以及和去年8月在日本进行CASA巡回演出的时候相比，简直已经完全变成了另一种音乐，他说。"虽然演奏着同样的音乐，虽然是一样的内容，却又变成了完全不同的东西。"而这种"深度"的经验，需要的不仅是演奏者一方的"深度"，其音乐也必须是具有深度的。

能够造就这种经历的音乐，我想就是具备了所谓古典的条件。杰克·莫伦兰鲍姆也好、我也好，都很确信，但说到裴宾的音乐，就还只是"想要成为古典，但尚在途中的音乐"。为了成为和舒伯特、舒曼和德彪西的音乐同样的存在，我们现在正在与之交往着啊。

在马德里和罗马的反响据说非常棒。在马德里演出时，电影导演佩德罗·阿莫多瓦（Pedro Almodovar）来看了现场，演出结束后，他和大提琴手莫伦兰鲍姆（巴西演奏家）还引发了一场争论。

阿莫多瓦说："坂本的钢琴演奏真是不可思议。音色像结晶，和水晶一样的。"

莫伦兰鲍姆说："是啊。坂本的音色是透明的。"

阿莫瓦多说："不对，不是这样。不是透明的，而是结晶的。"

的确如此，他的音乐正在走向下一个次元，再下一个次元。那又是怎样的一个世界呢？

关于通过裘宾的音乐可以做到的，我应该已经全部了解了。实际上他站得更远一点，那才是我想要去的地方。说得具有象征意义一点的话，那就仿佛是用音色来写诗一样，德彪西用音色来做诗人马拉美的事会怎么样呢？就是诗歌啊。所以我到现在为止一直被局限在所谓音乐的范畴里。但在裘宾的音乐体验里，某一个又一个和音的连接，都是已经存在的。这并不是超现实主义，而是"发现"或"看见了"更远方的东西……

"虽然这很难……"他这么说，但却让人感觉这是非常快乐的事情的开始。

198 鸟 人

"最近想到了各种各样的主意……"他看上去像是想通了很多事情那样，轻松愉快地微笑着说。

偶尔在电视上看到了关于画家米罗的节目。米罗很喜欢鸟，画了很多鸟。裘宾也很喜欢鸟。所谓鸟，在象征意义上也很重要，因为会飞嘛（笑）。除了鸟，其他的动物，还有我们自己，都是被"重力"所束缚了的。不是"重力的彩虹"，而是"重力的奴隶"。所以，造物这件事，正是从束缚走向自由，和对鸟的憧憬结合在了一起。武满先生在生前，对鲸鱼有憧憬，米罗和裘宾，还有毕加索、梅西安（Olivier Messiaen，法国作曲家、风琴家、鸟类学家）则都喜欢鸟。想到这些，就会觉得对于进行创作的人类来说，鸟是多么重要的元素啊。应该说是鸟的人，鸟人。不自觉地会这么去想。但是这又要转化为什么样的音色来才好呢，我还完全不知道呢（笑）。

199 从对话开始

他和我聊起了code去年在大阪和graf的成员一起进行"巴士巡回"时的经验（详情请见拙作《sukisuki帖》中的相关内容）。那是一段前往赤熊自然农园的故事，那里不使用农药，就算是有机肥料也完全不使用，只是凭借土地自身来种植茄子和黄瓜。他谈到看到依靠土地原生力量生长出来的蔬果形状和颜色时的感动与发现。它在周围的森林和土地的自然颜色间不会显得特别突出，而是同周遭色泽正确又完美地融合。我想这样长出的蔬菜的颜色和形状里，存在着给予"力量"的秘密。而且，它也连接到了"诗、诗歌！"的力量了吧。康定斯基（Vasilii Vasil'evich Kandinskii）或是保罗·克利（Paul Klee）留意到的"造型（形态创作）"这一给予艺术以力量的观点也同它连接到了一起。而且，在这个自然农园里面，还有着为认知障碍的孩子举办的体验农园，自然的力量与封闭在人体内的潜力共同协作，让可能性得以萌芽。我们脑海里曾拥有的就是诗歌的力量。就是这样。我说我最近也常常思考，他听了我的话，开始谈起关于音乐的话题。

虽说"人类创造些什么"，但就算是蔬菜，说得极端一点，其实人类什么都没有创造，只是改变了自然里原有东西的样貌而已，比如就算是建造了一座房屋，也只是改变了存在于自然中的材料，改变了自然界中存在的物质而已。真的，没什么东西是人类自己创造出来的吧？相反，如果有人类创造出来的东西的话，那又是什么呢？说到这里，音乐这一内容的存在具有相当高的抽象度，也不存在于自然界之中。尽管声音是存在于自然界的。

那么再反过来看看小鸟呢？

最接近于人类创造出来的音乐的，就是小鸟了。因为只有鸟会唱歌。在纽约的家里也好，城市的花园里也好，都有很多小鸟会飞来。果然还是小鸟比较懂音乐啊。在裘宾那里弹起钢琴的时候，也真的有很多小鸟飞了过来。

保罗·克利，或康定斯基，或特纳（Frederick Jackson Terner）[1]，他们既是现代的，但同时也非常了解诗歌的力量。不，意大利等欧洲巨匠们走过的道路，同亚里士多德（Aristotelēs）之后的形而上学与诗学这两大学问的流向一直有着关联，并且是在这之上完成的。"可能你会觉得都什么时代了，这是在说些什么呀？"他一边笑，一边说。

所谓欧洲诗学的原点，我觉得还是在希腊神话之中。希腊悲剧之中，俄狄浦斯（Oedipu）是欧洲诗歌的原点吧。所以，我最近一直在阅读索福克勒斯（Sophoklēs）的《俄狄浦斯王》。德勒兹（Gilles Deleuze）[2]也写过关于俄狄浦斯和资本主义的书籍，在各个意义上，它的确就是根源。当然，东洋的诗歌则是与之完全不同的存在。但是，当今世界的混乱，我觉得其根源就是类似俄狄浦斯这样的事件发生。美国的问题，我觉得就是俄狄浦斯，属于恋母情结（Oedipus complex,

---

[1] 译者注：美国历史学家。
[2] 译者注：法国哲学家。

也叫俄狄浦斯情结）。欧洲是父亲，而美国是孩子，所以要弑父。美国的病理就是存在着俄狄浦斯情结。

201 致诗歌-2　skmt20030107@TOKYO

新年。到他在东京常住的酒店房间。书、资料、电脑，已经将其完全工作场地化了。电视一直停在BBC世界频道上。但书桌上堆起的书籍又都和诗歌有关。既有田村隆一的、谷川俊太郎的，也有法国现代诗选集，还有选编了战后诗歌的集子，围绕马拉美早期诗集的对话，以及……

不过，现在我想到的所谓的诗，每一首都各不相同。所谓诗，现在还有谁在写吗？不知道呢。有谁在写吗？

他现在正在进行新专辑的制作准备，不设最后期限。会最终选定什么主题？完成什么音乐？他本人也没有确定下来方向。不，现在没有确定，还处于漂浮状态这件事，他似乎乐在其中。当天的对话与其说是采访，更像是关于诗的小会。而且，接连之前的话题又从俄狄浦斯开始了。

前段时间，曾经说过关于我所思考的诗的原型，是希腊悲剧这样的东西吧。"人生的宿命"这句话虽然有点过时了，但是让人最容易理解的就是俄狄浦斯。他一直不知道自己的身世，就和亲生母亲结了婚，并杀死了自己的亲生父亲，最后的结局是他失去双目四处流浪。而且，他的命运是早就被预言了的。但是，类似这样的"小小的俄狄浦斯"的事件，其实在我们的日常生活中也有很多吧。将这种取自生活的东西，反过来再称之为"诗"的话，那么将其创作成电影也是完全可以的。例如，贝托鲁奇导演的《巴黎最后的探戈》，我想就成为那样的作品。在贝托鲁奇导演的作品中，有着两大流派，一种是选取了非常庞大的历史性主题，另一种则相反，是非常私人的私密世界，而这两者放诸历史、放诸人生，在"巨大的转折"这一点上，却非常相似。拥有这种结构性上极端的东西，我想就是俄狄浦斯了，也一直觉得，对我来说的"诗的原型"就是它。

不过这样的故事，现在是谁在写呢（笑）？我也很久没有读诗了，不知道了呢。

所谓"小说"，是从神的故事的"流产"，然后再从小小的反复开始的东西。人类的想象力似乎可以创造出无限的小说和故事，但实际上，在全世界的民间故事和神话里面，也许已经包含了所有的故事原型。

我真的是这么觉得的。荣格大概也是这么想的。民族或是许多人在一起的集体意识的原型，就存在于神话之中。它们升华为最艺术的形式，不正是俄狄浦斯吗？虽然我的这种想法毫无根据（笑）。生存中的磕磕碰碰谁都会有，而把它想作是诗的人，是我啊。

之后，他又提到了被捕拘留军，在历史上被迫卷入到人类的愚蠢与悲剧里去的诗人们的名字，但对此他却说"感觉不到诗"。之后又说到了身兼诗人身份的贝托鲁奇导演的诗、曾为诗人的贝托鲁奇的父亲，以及贝托鲁奇父亲的友人皮埃尔·保罗·帕索里尼（Pier Paolo Pasolini）的诗集，对于他们的诗，他说："那还是很不一样的啊。"

　　为什么会说出这样的话呢？最后是因为存在于裘宾音乐中的诗，不，在他看来，音乐本身就是诗，而这也是他在和曾为诗人的莫赖斯的合作中诞生出来的。与之相同，德彪西也存在于马拉美的诗之中。如果说有某个词存在，不是要给这个词加上旋律写实地歌唱，而是通过加上旋律，让它表现出诗意的广度来。这也是裘宾和德彪西所做的。而结果是这种创作方法变成了电影原声音乐一样的产物了。"诗的原声音乐。"不是去模仿拥有言语的世界，而是去创作出语言自身难以表达的宽广来。以往和贝托鲁奇导演一起工作的时候，他让我写一首关于"轮回"的曲子来。但是这么抽象的主题要怎么办才好呢（笑）。于是，尝试着思考了一下，裘宾也曾创作过，德彪西和舒曼也在歌曲中这么创作过。连勋伯格也一样，曾在梅特林克（Maurice Maeterlinck）的故事里加上音乐。现在，我也在寻找这样的对象。当被给到"轮回"这样一个词的时候，要如何表现"轮回"所展示的世界观呢？表现方式虽然有很多，但作为手法的话大概是电音了（笑）。

202 为写诗而做的随笔

收集并写下一些当时和他聊到诗歌时的对话片段。

关于费尔南多·佩索阿（Fernando António Nogueira Pessoa）——在造访裴宾旧居的时候，那里有好几本他的诗集。佩索阿有好几个不同的名字。文德斯在《里斯本物语》（*Lisbon Story*）里曾提到过。

（那个人，不是和葡萄牙国王葬在了同一个墓地的区域了吗？）

[卡耶塔诺·费洛索（Caetano Veloso），巴西作曲家／歌手／政治运动者）也献上了歌曲呢]

鹫巢繁男呢？ 不一样吗？

他不是西胁顺三郎啊。

（法国依然是罗马帝国里的后进国啊，诗歌对于它来说大概太难了吧。在时间顺序上晚了千年才开花的文化吧。所以，转了好几个弯了。虽然我们很容易把法国文化误会为欧洲的核心，但其实并非如此。从那里可以遇到诗歌吗？）

　　　　关于凯尔特人 ——凯尔特人真是很有趣的（最近前往马德里机场的时候，机场的唱片店里正播放着凯尔特音乐。对店员小哥说"这是爱尔兰吧"，回答说"不对，这是西班牙的凯尔特"。在罗马尼亚、巴尔干，现在依然确实留存着凯尔特人）。

（阴阳两极般的旋涡，散落在世界各地。）

（转变一下话题，年初时在电视上看到让人感到吃惊的内容是，新罗据说曾是远东第一的罗马文化重镇。与唐朝联手之后，在传入佛教之前那里都是如此。而罗马文化应当是经由北方蒙古的丝绸之路传进来的。蓝色的玻璃、冠、出土的文物都是罗马的产物。它们还一路传到了日本。但之后就全部消失了。）

（嗯，是这样啊，是民族的诗人呢……）

（如果是日本的话，是《记纪》或禅？）

（阿伊努族的万物有灵论呢？伊福部所说的RAKITSU

体。阿伊努族歌谣里的东西呢？万叶呢？）

[撰写了《阿尔布修斯》（*Albucius*）的帕斯卡·基尼亚尔（Pascal Quignard）呢？消失了的《最初的小说家》的故事呢？或是写下《安魂曲》和《翻转游戏故事集》的安东尼奥·塔布其（Antonio Tabucchi）呢？他是意大利人，妻子又是葡萄牙出身的，他应该可以说一说关于拉丁的诗歌吧？]

"兰波（Arthur Rimbaud）呢？""虽然他也吸收了很多希腊悲剧，但是又偏了。不过这种偏离也挺好的。""他的作品被翻译过来后也传到了日本。从历史中的后进国到了如今的后进国。""因为没有相关性，不过这样一来，也会有有趣的东西出现吧。""美国也是一样。不，不仅限于美国，现在所有的国家都变成了这样，不是吗？"

（亡命者的诗呢？）

说起欧洲人，他们是怎么脱离希腊/罗马文明的呢？这是一个关联几百年、几千年的巨大课题。所以他们对美国人"又憎又爱"。一定会有憧憬的吧，像维姆·文德斯那样。

相反，也有不是追求希腊/罗马文化，而是向着东洋而去的人。像加里·斯奈德（Gary Snyder），或是欧文·艾伦·金斯伯格（Irwin Allen Ginsberg）那样的……

[也有庞德（Ezra Pound）的《诗章》（Contos）这样的作品呢。]

"北园克卫的诗我也很喜欢，但实在很难把它变成音乐呢。"

"因为没有悸动哭泣和咏叹在里面。而在俄狄浦斯里面，是有着血泪般的东西的。"

"活生生的鲜血啊。"

"因为有自毁双目这类的情节吧。"

"但要怎么说呢？人类是在宣告了神灵已死的时候开始的吧，真的是那样吗？"

（比如，苗族之类，水和风和光。少数民族的民间神话里所具有的诗意的力量呢？）

[斯特拉文斯基/贝拉·巴托克（Béla Bartók）。巴托克的音乐真是极具魅力的……]

画家戈雅 （Francisco José de Goya y Lucientes），虽然人在天主教的主教区西班

牙，但不能说他是希腊/罗马式，尽管如此，他的那幅《巨人》画作却让人联想到波塞冬式的人物，还有《吞食其子的农神》等。会觉得从戈雅那里能够发现些什么。

歌德、克利、黑塞——意大利纪行的秘密。苏珊·桑塔格的历史小说《火山恋人》如此，约瑟夫·布罗茨基（Joseph Brodsky）的《威尼斯》也是如此，里面有桑塔格和庞德的太太的故事。

布罗茨基，再往前是马雅可夫斯基（Vladimir Vladimirovich Mayakovskii，苏联诗人）、赫列勃尼科夫（Velemir Khlebnikov，俄罗斯诗人）……

[博尔赫斯（Jorge Luis Borges）怎么样呢？]

（一边用餐一边进行的对话——罗马有受印度教的影响。听说它受过极大影响。即便在罗马天主教之中也有着印度教的影响。虽然谁都不说，但是在制作歌剧的时候，我研究学习了《格里高利圣歌》，制作了"赞美歌"。之后被意大利作曲家指出，印度教的多神教世界也融入了圣歌之中。有着类似印度的祝福词的内容，是亚历山大大帝在征服印度之时带回来的吧。）

　　　　关于马戏团——马戏团里沉淀着各种
碎片化的文明，不是吗？在巴塔巴斯/马戏
团里，一定会有一个畸形秀小屋，怪人或畸
形成为珍奇展品/被残杀的克鲁马努人或是
尼安德特人的遗传基因/阿波利奈尔（Guil-
laume Apollinaire，法国诗人）、波德莱尔
（Charles Pierre Baudelaire，法国诗人）、
埃里克·萨蒂（Éric Alfred Leslie Satie 法
国作曲家、钢琴家）他们的嗅觉……

（吉卜赛音乐中的内容/原印度/因为侵略，反而流传
到了全欧洲/甚至影响了西班牙的弗拉明戈和爱尔兰的音
乐/在被剥夺，成为碎片化的同时，却也得到成长的诗歌
的过程……）

"武满先生呢？""基本上是杜尚或是凯奇吧。""很有
禅意呢。偶然性的操作。""是经过了凯奇传递而来的东
洋性的东西吧。"

"昨天看了电视吗？井上有一的纪录片节目。"

"看了看了！愚彻愚彻愚彻，一边说着Gu, Tet-su
（愚彻的日语发音），一边写下了字。太棒了！"

"'佛'这个字变成了人和阴阳旋涡的形状，像是凯尔特人啊。"

"那可真是了不起。"

"还有，塔这个字是从下开始写的，向上搭建起来。真是让人想要学习书法啊。"

（司马辽太郎的《大德寺散步》或是《近江散步·奈良散步》等故事。大灯国师的书、文字……"我曾经将《街道散步》系列全部读完了。很喜欢啊。"）

（长谷川等伯，也了不起啊。）

"战国时代，数量众多的人因战争而被杀害、被焚烧。人啊，孩子们啊。长谷川等伯看到了这样的场景了吧，因为正好是战国时代。就像是作为教师的井上有一，也曾看到了自己学校的孩子们死亡那样。但井上有一看到了无常观，却又觉得那并非是无常。不是悲伤，而是有着更强烈的东西。我觉得这一点更为珍贵。"

"那可能就是诗了。"

"可能是。那是可以成为音乐的。井上有一和等伯这样的事。真是很有意义啊。"

江户时代绘制的《波涛图》的故事、凯尔特人的故事、井上有一的"佛"字。"被强而大的东西踢开的小东西的力量""最早开始描画这些东西的是，宗达。小狗的天真、灵魂的纯真""是和萨蒂、莫奈共通的呢。"

"我们最先想到的日本，虽然是大和民族的日本，但去到日本岛根县的松江一带旅行，却觉得那里流淌着独特的氛围，到达的那一刻就觉得很吃惊。真是个不可思议的地方""是小泉八云① 最终到达的地方。注定要去的人到达了的、四处流浪的终点""多神教的嗅觉——"

（小泉八云、折口信夫的《死者之书》。古代佛像左右不对称的话题。再次说到司马辽太郎在琵琶湖周边旅行的事。织田信长。"他用长政的头盖骨来饮酒""骷髅杯""信长的身世到底是怎样的？既无从前亦无身后。信长穿戴的盔甲是意大利制的。"黑泽明、花田清辉、长谷川四郎……）

他取出了一本巨大的摄影集。那是广河隆一拍摄的两册装摄影集《巴勒斯坦》第1册《震荡的中东35年》、

---

① 译者注：爱尔兰裔日本作家，原名拉夫卡迪奥·赫恩（Lafcadio Hearn）。

第2册《消失了的村庄与家族》。"政治与艺术。我也在进行某种程度上的纪录，风景的照片真的很棒。这一点正是艺术。"因为战争而变为废墟的地方，刻进了土地里的战争痕迹被拍摄下来。应仁之乱也好，战国时代也好，蒙古帝国也好，印加侵略也好，越南战争也好，人类历史上不断诞生出这样的风景来。

"看啊，这墙上的痕迹，很像井上有一啊。"

涅槃（Nirvana）乐队的科特·柯本（Kurt Donald Cobain）的话题——"现在活着的人里，除了裘宾以外还有谁值得一提呢？"

"当然还有给歌词谱曲的人。但是，涅槃乐队真的了不起。柯本的词和曲都很棒，就是一个天才！涅槃乐队的第一张专辑是革命性的。比性手枪乐队（Sex Pistols）真的好得太多了"

（之后，又聊了科特·柯本的歌词、写词的话题。波莉吉恩·哈维（P.J.HARVEY）和古代德鲁伊教……）

"想请人来写词，哪怕一句也好。"

美国向联合国安全理事会提出伊拉克决议案的时间是2002年10月。而伊拉克对此发表回答"没有大规模杀伤性武器"的时间则是年末。虽然联合国再次派人核查，但美国的各种强硬手段日渐浮出水面。此后，在2003年3月18日，美国向伊拉克发出最后通碟，要求在48小时之内将侯赛因总统驱逐出境。到了时限结束的19日，从进攻倒计时开始，电视台就全部统一为了转播伊拉克战争。虽然全球范围内非战的游行正在扩大，但和之前阿富汗战争时一样，谁都无法阻止美国的这种无力感再次蔓延开来（但是，3月24日在纽约进行了20万人的反战游行！！）。到了美国提出的最后期限的20日。命运时刻到来了。小布什宣布对伊拉克发动战争，美军、英军开始了攻击。开战不久即传来了侯赛因死亡的消息。媒体操作的每一天。

直到5月2日的《宣布伊拉克战争结束》

为止，战争成了通过电视呈现的豪华大片。的确是压制了巴格达，推翻了侯赛因政权。但是，到现在为止，作为美英开战证据的大规模杀伤性武器并没有找到，而侯赛因总统也还在逃亡。8月20日，位于巴格达的联合国驻当地办事处遭遇爆炸袭击，在"战后"，士兵的死亡数量超过了战斗时的数量。战争超出了美国的原计划，呈现出越来越长期化的状态来。

1月回国之后，他就开始在纽约的录音室里着手新专辑的制作了。

在初夏时节由Morelenbaum2/Sakamoto发行了录音室演出版本的 *A DAY in New York*。为了配合专辑的发行，他也进行了欧洲的巡演。除此之外，他就一直在纽约淡淡地过着唱片录制的日子。

204 在这一天终结的时候 skmt20031027@NEW YORK

雨天的纽约。他一直待在自家的录音室里埋头录制，不出门。采访也已经隔了很久。他书桌上的书似乎多了些，但是惬意的气氛一如既往。周遭氛围轻松。他像是困倦了一般，缓缓地开口说起来。是，就是那一贯低沉的声音……

所以呢，就像自动笔记那样，并不是朝着哪个终点的方向去行进。甚至都不知道终点是什么，只是走着似乎就很满足了……

什么时候结束了才好呢？留意了一下，也许都已经过了终点了呢。自己也不知道呢。

决定主题也好，或是作为专辑整体，每一首要表现出什么内容？似乎并不能朝着这样的目标向前进呢。这大概是一种病吧，因为对这些事没有兴趣呢。

有太多素材了，有各种黏土、石头和光。把它们砰砰地鼓捣起来，或是将它们点燃，会觉得这个黏土不错啊，这样的情形每天都有。在这过程中又会发现全然不同的素材，又会突然加入类似 IC 芯片这样的东西来。到底这是在创作什么呀？

雕塑家摆弄黏土，打磨石头。那时候应

该也没有想自己要做什么。与此相同，我也只是在打磨声音而已。在一天终结的时候，总会产生些"什么"来。但要是被问起那是什么，被问起它好不好的话，我也不明白。

只是想去看、想去听自己所不认识的东西，所以才这么做的吧。在一天终结的时候完成的东西，并不明白那究竟是什么。因为我会把已知的东西都舍弃。那现在它是什么呢？它又能做些什么呢？

205 不唱歌的人

虽然自己也会谈论战争与和平，但并不会直接缔结到音乐上。高中时期也是如此。

为什么呢？大概因为我不是会唱歌的人吧。唱歌的人可是很危险的哦，因为会马上唱起来。

"我想到了一件事。"他突然从桌上取出了一张纸。那上面写了好几个汉字。仿佛是很近，但又深邃的世界之谜一般。其中的一个、两个⋯⋯

（闇）／黑暗（darkness）＝门（gate）＋音（sound）。

"声音（sound）"进入"门里（gate）"，就变成了"闇（黑暗）（darkness）"。是不是特别抽象？其他也都想了。在"木"字上加上"一"，就变成了"本"。"太阳"邂逅了"月"，就成了"明"，明亮。但是，"太阳"和"音"在一起，就变成了"暗"，黑暗。这是为什么呢？真是太不可思议了，就像一首诗一样。

207 日本原住民的故事

这是和音乐完全没有关系的话题，但是

最近，我个人觉得日本的原住民非常有趣。说到原住民的时候，人们一般会想到"阿伊努族"之类的，但我想到的是，原住民族不仅限于阿伊努族，而是曾经的许许多多部落种族。也就是说现存的阿伊努族变成阿伊努族部落是在 13 世纪中叶前后。就算是阿伊努族，也有研究表明它和千岛列岛的北方民族有了文化交融之后，才变成了现在的阿伊努族的样子。阿伊努族本身也和绳文时代的时候完全不同了。

大概绳文时代的日本居住着几百个完全语言不通的部族吧。在他们彼此共存几千年的时间里，我想自然而然地也出现了彼此可以互通的语言，就像是非洲的斯瓦希里语这样的共通语。数量众多的部族彼此进行着贸易，如在信州附近采集到的黑曜石被运到了遥远的北海道。这种共通语大约就是日语的"祖语"了。这大概是在弥生人和古坟族到来之前的事情。

并不是要讨论他们曾创作了什么样的音

乐，而是我对原住民这一"存在"本身很感兴趣。说得更详细一点的就是想知道，自己血液里有百分之多少是他们的血脉。虽然我不会真的去调查……现代日本人的6成或是7成，都是弥生时代以后从半岛而来的人吧。但是到了21世纪，即便交通已经那么发达了，但地域不同，混合的比例也天差地别。一般来说，容易想到关西以西是半岛系、关东以北是绳文系，但从大和政权具有相当实力的时间点上来看，它都以各种理由让各个民族进行了移居。这一点只要仔细阅读《风土记》之类的书籍就可以看出来。随着混居，当然会有小型的角逐发生。某些情况下，原住民一方也会获胜，为了平定争斗则会从近畿向其派遣军队。也就是征夷大将军坂上田村麻吕嘛。虽然可能有原住民全军覆灭的情况，但也有从战争中逃出生天的人。逃到山上或是在半岛或岛屿上。这样的区域在伊豆和房总半岛都有，其中还留存着绳文时代信仰的就是诹访了。我很有兴趣的诹访神社，就是原住民的土著信仰呢。

这么去看，留存到现在的东西还有很多。我们正在使用的日语里面也有这样的情况。在日语的祖语之上，有从半岛传入的言词，以及随着中国政治体系一起传来的汉语。日语应该是由这三层成立起来的，但如果要将这些层次全部剥离开来的话，日语的祖语就应该可以显现出来。我正在想象，它会是一个什么样的东西呢？

208　在大约1万年以前

与地球的历史、生物的历史相比，人类啊，真的只是在最近才诞生的。1万年，真的只是一瞬间。

智人的历史。

大约在1万年前，出现了什么样的"巨大变化"呢？

在那之前，已经有了延续几万年的狩猎

和采摘。

没有创立国家，只是以部落社会存在着。

那么大约1万年前，到底发生了"什么"？

大脑的变化？不清楚是什么变化。语言大概也是在那时候诞生的吧。

说到1万年，自己的父亲、祖父、曾祖父……往上回溯400个人左右吧。就连脸孔，也是可以想象的。

并不是那么久远啊，对吧。

209 笛／萨满教／向着自然力量的领域去

他把想到的事情记下来，按"题目"进行分档留存。其中一个就是为什么会产生音乐。

现存最古老的笛子，是在中国发现的，距今大约3万几千年吧。那应当是一个在动物的骨头上钻孔，哔地吹出声的东西吧（尼安德特人的遗迹中也发现了用动物骨头制作的笛子）。

生活在自然之中，会发出各种各样的声音，这种声音应该是相当恐怖的。风吹过的声音，在洞穴的暗处，响起了"嘘"的声音。风刮进洞穴里，会留有自然的残响。外出打猎，在洞穴里迷路时，就会听到这种声响。

虽然恐怖，但他们却想模仿风和自然的声音，所以才做出笛子之类的东西来吧。

北方西伯利亚的巫女，会穿着熊的毛皮。这么一来，人就变成了熊。从人变熊、从熊变人，结果，就像是在这个过程中将熊所代表的自然的力量吸收到了自己体内。这么一来，人就可以进入"自然力的领域"中。笛子是由动物的骨头做的，发出不可思议的声音这一点也让人觉得像巫术。我想，这是一种人类进入动物所代表的自然王国之中的体验。虽然这只是我个人推断。

　　"音"这个字为什么在日语里发"OTO（哦哆）"的发音呢？我试想了一下觉得很不可思议。总之，用日语思考什么的时候，我决定尽量先不去用汉字来思考。

　　去看阿伊努族的语言。他们说的"言灵"[①]，指的是语言里的每一个"发音"都有自己的意义，或是有其什么样的"作用"。每一个音节都有各自的意义，我想这一点和绳文语、日本祖语是相同的。"O（哦）"有它的意思，而"TO（哆）"也有它的意思。例如，"别府（PEPU）"这个地名里的"PE"指的就是"河流"。其他也是这样，庄内（SHO-NAI）的"NAI"指的就是山涧。带着这种词语的日本地名遍布全国各地。不同部族的起源的语言互相混合，不同层次相互交叠在一起，这正是日语。

　　日本人的脸也很有趣呢。面部具有多样性，很是丰富。大概很少有这样的国家吧。

---

① 译者注：存在于语言中的神奇力量。

一般来说，更多的是相似性吧，如汉民族有汉民族的面孔、蒙古族有蒙古族的面貌。我和友人前往不丹的时候，对方的人曾对着我们一个个地说："你是什么族的，你又是什么族的。"现在也能辨识得出来呢。

就好像柄谷行人先生所说的那样，"国家"这一意识是在"外敌"出现后，为了与之交涉而第一次出现的，必须在"契约上的国家"层面进行统一。而在这之前，根本就没有"国家"的意识。向中国派遣使者的时候，大和政权将自己称作"日之本（太阳升起的地方）"。但这个称呼其实最早是虾夷[①]的语言啊。他们在那个时候，一直遭受欺压甚至被迫到了房总地区[②]。

放在现在来说，这就仿佛是桦太的原住民和菲律宾人相遇相互交谈的事情吧。语言和面孔都截然不同的两种人，一开始不就是这样的状态吗？

我们有必要意识到从那时到现在并没有过去多少时间。虽然我们觉得自己所说的日

---

① 译者注：日本古代，居住在东北、北海道附近，抵抗朝鲜，统治不屈服的族群。

280　② 译者注：日本本州东南端向南突出的半岛，现为千叶县的主要部分，靠近东京。

语是一个难以打破的坚固体系，但实则并非如此。语言本身是很柔软的，只是社会制度让它看上去很坚固而已，如果剥离了外来语，让它变得软绵绵的，在时间轴上把它拉伸延展开来，就可以从中窥探到部族的语言了。

日语分"训读"和"音读"，"训读"就是和语，而"音读"则为汉语。我的名字的发音"Sakamoto"就是和语。如果要将其变成"音读"的话，那就是"Banben"了。

思考诗歌的力量时，就会着眼在和语身上。和语，特别是《万叶集》，当然了，虽然在表达上面还是用了汉字，但在当时，反倒只是作为"发音"来使用的吧。啊，接近于"借用字"。不过也有借用一部分意思的，所以不能以一言概之。首先回归基本的，是"音"。那里存在着比汉文化更早的东西，这样去想比较好。

刚才说过诹访神社的故事，那里的祭祀活动是从绳文时代中期延续至今的土著信仰。它是阿伊努族以外的事物，清晰可见的是，原住民体系的祭祀活动不仅在大和政权时受到各种攻击，我们所知的留存下来的东西，也几乎没有他类。北美印第安人则被完全侵略了，语言也被剥夺了，只剩下英语了。说起来，就好像是日本人都在说中文一样，但日本人没有变成那样。所以，真是有趣呢。

还有拟声词之类重复发音的词汇吧。例如"らんらん（Ranran）""ちゃぷちゃぷ（Chapuchapu）"这种。这是很接近阿伊努族语的，还有象声词之类。我感觉这些都和日语的祖语很相近。重复叠加的词语，能感觉到什么？对吧。"ちゃぷちゃぷ（Chapuchapu）""ぽちゃぽちゃ（Po-chapocha）""もぐもぐ（Mogumogu）"之类。现在想起来，作曲家伊福部昭先生，以前就前往阿伊努族居住的桦太和旧满洲地区收集、录制了基里亚克民族（Gilyak）的音乐。他的父亲曾是村长，所以和阿伊努族的村民们都很亲近。阿伊努族，并没有"阿伊努国"这样的存在，但去到西伯利亚，阿伊

努族和西伯利亚的少数民族们在语言上似乎是互通的。而那个贝加尔湖的"贝加尔"这个词本身，在阿伊努族语里似乎也是有着自己的含义。

ちゃぷちゃぷ（Chapuchapu）[①]……不过，它们是如何辗转曲折组合到了一起的呢（笑）。

211 卡通之国—— 美国

最古老的文字，是距今5000年前左右出现的，我觉得比这再早一点就已经开始有语言交流了，这并不是那么遥远的事。试想一下，所有这些其实都是在相当近期发生的啊。

的确，在现代人的行动中发现"神话般的思考"这件事本身也很有趣，但比这更让我产生兴趣的则是卡通，漫画。

说到人类文明中科技化程度最高的一定

---

① 译者注：形容流水声的潺潺。

是美利坚"帝国"的文化了，它全部都是由卡通建立而成的。

狐狸会说话，乌鸦叼着烟卷从嘴里吐出烟来，这都是神话故事吧。虽然猪在开口说话，但没有人对此感到不可思议。

就连小布什也是一样，所有的国民都是在卡通片中长大的。这个不可思议的国度，美国……

212 冬天／FUYU（冬）

时隔很久的采访。和录音制作中的新专辑相比，他说得更多的是日本原住民的话题。我说到了自己昨天白天在ICP（International Center of Photograph）看的名叫《陌生人》（*Strangers*）的摄影和视频展览。这些照片里既有巴基斯坦战争，也有反对WTO全球化的人们的肖像，还有逐渐消失的巴布亚新几内亚的达尼族的记录等，淋漓尽致地展现出了赤裸裸的世界原貌。

"世界正感到火辣辣的刺痛，它正在寻找有没有什么可以刺激到、触动到我们的东西"，我说。对此，他回答道："就像是把熊皮盖在身上的行为吧。为了获得那种力量有必要采取行动呢。"然后我俩说起了星野道夫的故事。星野先生虽然最后遭遇了熊的袭击遇难了，但我却说起了这么一段情节，他小说中写到的阿拉斯加的印第安人，幻想自己是正要被捕获的鲸鱼。

"熊的故事也是一样的。自然与人的关系。与其讨论他的死是不是悲剧，他的拍摄活动就像是披上熊皮，这种行为才是必要的啊。"他这么回答，然后继续说下去。

"ムロ（Muro）这个词，写出来是汉字'室'，但其实是竖形的洞穴。有一句俗语叫作"ムロで蒸す（土穴蒸）"① 吧。那就是说钻进土里，埋起来，然后再出来的意思。通过这个方法，从冬到春就可以重生，类似熊的冬眠。冬季，属阴，也是黄泉之国。它并不是"生"的全盘否定，而正因为有它的存在，才能够在春天复活。冬季的大地蕴藏着极大的能量，所以才能为复活做好准备。"

"冬这个字大概也是和语吧?"我向他询问。

"嗯，Fuyu好像指的就是'殖（yu）'，这是折口信夫提出的哦。冬季是为了复活而积蓄能量的季节。所以

---

① 译者注：多用于造酒或发酵。

和春天的祈祷相比，冬季的祭祀才是最重要的。圣诞的起源也在于此。罗马帝国的丰收庆典。它是在基督教成为国教之前庆祝丰收的典礼……"

明天，他要作为M2S的成员参加向裴宾致敬的音乐会进行客座表演。回过神来，夜幕已经降临，外面昏暗下来。今天就到这里结束了。他戒烟了！关于这一"人生的重大事件"，我晚点什么时候来告诉大家吧。

213 韩剧／古层[①] 的日语

skmt20031227@OCHANOMIZU

他最近最热衷的是韩国电视连续剧《冬季恋歌》。

> 到达东京的晚上正好遇到重播，虽然知道这部戏在韩国和日本都大热，但却没有看过。不过一开始看就完全陷进去了。一直在看。真是有趣呢（笑）。当然，电视剧故事背景的社会风俗和日本很不相同，不过最关心的则是语言。收看韩剧，也有我们可以听懂的单词会在韩语对话中出现。朝鲜半岛和

① 译者注：事物在最古老时期的情况，最底层且没有什么变化的。

日本列岛有着共通的汉语，但也有相当数量的词语是明治之后由日本翻译的、起源于欧洲的词语，它们之后逆向输出给朝鲜半岛和中国并使用了起来。当然汉字的本家是中国，但近代欧洲语言的翻译和熟语则很多都是由日本创造出来再被他们引进的，这是大家共通的。所以，在收看电视剧的时候，有一种超越时空融入其中的感觉，会看到各种各样的东西。

可以看出他对日本祖语的关心，让他继续向下深挖着对朝鲜半岛和亚洲的兴趣。

如何被使用的，又是如何发生着变化的。它的变迁。让人始终兴趣不减。

214 妈妈的话

他在自己指导的FM立体声广播节目中，从奈良邀请了大学教授前来作嘉宾。"给我上了一课呢。"他愉快地微笑着说。

说是古层，但和地质学还是不同的。向下挖掘得越深，就会出现没有被混杂的"纯粹的形态"，而其实却并非如此，说到底这毕竟只是推论，祖语当然就是克里奥尔语了[①]。所有的都是在互相影响中存在的。说是语言，其实就是那一段时间里拥有强大势力的部族的语言，也就是说征服民族的语言会成为主流，不过从人类的历史来看，获胜一方的部族会迎娶失败部族的女子为妻。被征服后，战败方被剥夺了语言，官方语言变成了获胜部族的语言。但是，在家庭内部，在孩子的教育上则是母亲的语言占优势，所以在孩子身上，战败方的语言也会融入其中。这么一来，不就形成了克里奥尔混合语并留存下来了嘛。

这么说着，他又举了几个词作为例子说明，它们都是绳文时代以来留存下来的，几乎没有变化，其中的一部分我们现在也还在使用着。

Omeme（眼睛）

Otete（手）

Omimi（耳朵）

去除了"O"的发音，它们全部都是一个音节的重复。还有"Hoho"和"Chichi"，都是孩子和母亲之间

---

① 译者注：克里奥尔语是一种"混合语"，由皮钦语演变而来。"克里奥尔"原意即为"混合"，泛指世界上那些由葡萄牙语、英语、法语以及非洲语言混合并简化而生的语言。

用的词呢。它们就是通过这种方式留下来的不是吗？接下来虽然是我这个外行人的想法，不过位于更加古层的地方的应该是象声词吧。例如我们会说"ベトベト（Be-toBeto）"。这个词正规化了以后就变成了"べとつく（Betotsuku）"这个动词。"つるつる（Tsurutsuru）"这个词也转变成了"つるりとした（Tsurutoshita）"。"べと（Beto）"或是"つる（Tsuru）"这样的声响都会唤起自己内在的感觉。这样的用法是相当古老的吧。我感觉它们能够切实地追溯到绳文和弥生交接时期的前后了。

弥生人大概是从云南附近划着船过来的吧。

"つる（Tsuru）"这个语感，是不是我们所居住的列岛上的原产物呢？还是引入了在朝鲜半岛或是中国曾拥有的"つる（Tsu-ru）"的这一语感呢？

又或许"Tsuru"原本是"Touru"也说不定。是通古斯语系①、阿尔泰语系（世界九大语系之一）、北方系……到底它是在什么样的关联中传承、延续至今的呢？

他的想象继续膨胀开来。

---

① 　译者注：Tungusic languages，在语言系属分类上原为阿尔泰语系通古斯语族，包括12种语言。

215 围绕着语言／围绕着木村纪子的
《古层日本语的融合构造》

在俳句中感受绳文时代的音韵。

罗兰·巴特（Roland Barthes）和马拉美的故事对于他们接近符号般极端抽象化的意义构造，有着强烈的憧憬。

极度简洁的象征性——这一点也投射到了俳句里。这是日本孕育出来的列岛之美——俳句。

在创作新的专辑时，他从一开始就对诗歌产生了兴趣。虽然广泛涉猎了古今东西的诗集和诗人，但始终没有遇到让他有所触动和共鸣的诗歌。不过，这一过程让他开启了通往语言的古层之旅。这是一场跨越了时间和空间的旅行。

最近在考古学上正在形成一种新的说法，即农耕从绳文中期就开始了。但是绳文时期的尾声和弥生时期的开始，并没有一个清晰的界限吧。不过，这一时期里比较重要的是，语言发生了很大的变化，以及思维方式、"象征性思考"有了巨大的变化吧。

不说"Kome（米）"而说"Yone"。因为那是从"Ine（稻子）"中产出来的。狩猎模式孕育出来的身体的语言，和农耕模式孕育出来的身体的语言，其不同之处又在哪里呢？

他从包里拿出一本褪去了封面的书，书名是《古层日本语的融合构造》。其中包含了用现代日语来写成的最古老的整套书籍、《记纪万叶》中所包含的大和民族的语言，以及比那更古早的语言的故事。

关于"西原语言"的故事：

7世纪前后，确立大和朝廷的时候，拥有各种技艺的职能集团被搬迁移居到了近畿地区。"西原语言"指的是纺织女工的语言。这些语言并不是大和的语言。

津田左右吉的故事/折口信夫的故事：

"我觉得他们是很能够感受到语言古韵的人。"

G 为什么会被日语祖语如此吸引？这

和你现在居住在纽约有关系吗？

S　　从动机上来说，伊拉克战争的影响很大。我觉得自己已经和"现在"交往不下去了。是一种自我防卫吧。

216　语感／音感

今后呢，我想也会有刺激想象力的、语言的音韵存在。而且，是只有日本列岛才有的语感和音韵。而相反，曾经觉得是日本仅有的东西，其实也是泛亚洲的存在。

G　　泛亚洲的共鸣，和西洋文明相比，现在它更强烈吗？

S　　嗯，更强烈呢。

说到阿伊努语，当然也是在变化着的，它从日本列岛相当古老层次的语言中分支、留存下来。因为没怎么受到汉语的影响，所以和近代日语比较起来，它可能更接近于绳文语。也有研究者说，阿伊努语接近于泛亚洲性的祖语。这么说来，它和北方的通古斯语，或是西藏语、东南亚的马来西亚语也存有共通的部分。如此来看，关联到亚洲大部分地区的语言就是阿伊努语了。

虽然并不清楚阿伊努族的起源，但在人类学上，也有人说它和现存最古老的澳大利亚的原住民（Aborigine）的 DNA 相当接近。进行阿伊努语和澳洲原住民语言的研究比较当然很有必要了。

G　是不是一直在进行超越时间与空间的旅行?

S　这么想来，从非洲之行开始就一直这样了。

G　从图尔卡纳湖边开始……

S　是的。200万年的旅程。效仿人类自非洲诞生后开始迁移的旅行。

G　也许也有非洲的声响在这其中。

S　还会不断继续下去的吧。

219　这么一来，所有的语言就将混合在一起

　　各个部族交战的情况说得极端一点也是一种接触，在"物物交换"或"狩猎"时碰到了，大家也是有所交流的吧。例如，即便遇到语言不通的对方，为了表示善意也会把重要的东西拿出来，并说些什么。说出来的

语言就算并不存在于对方部族里，但也会融入进去。这样的语言有可能后来被丢弃了，也有可能留了下来。长野出产的黑曜石在北海道被发现了，而和这颗黑曜石一样，不同的语言肯定也被传到了那里。妈妈说的话、关于吃饭的言语这样的日常用语不太会有大的变化，但是技术用语、概念和哲学语言却不断在变化。技术性的语言现在也依然以片假名的形式原原本本地表示着其为外来语。而与之相同的事例，早在一万年前就已经有了。也就是说，那颗黑曜石，就相当于当时的电脑吧。

220 童谣／小泉文夫

和奈良大学的木村纪子教授会面时，木村老师带来了一份声音的资料。那就是韩国的"童谣"。他听完童谣的声音之后震惊了，因为它听上去就像日语一样。

韩语辅音部分的发音相当重，有很多发音比日语更尖锐，但当它变成孩子的语言时，辅音就不那么重了，几乎只剩下元音。这么一来，听着听着，就完全不知道它原本是什么语言了。和日语很相像这一点也很有趣，不过，我想那一定与"古层"是相关联着的。

这份声音资料其实是已故音乐学者小泉文夫所收集的。

说实话，我从小就非常仰慕小泉先生，所以才考了艺术大学。在这种情况下再度和小泉先生结缘真的是……现在我也记得很清楚，小泉先生是将音乐这一事物从人类学的视点、意识到人类的迁移而进行研究的学者。虽然地方各自相距甚远，但却有着"共通的音韵"，这是为什么呢？——他一生都带着这样的疑问在世界各地进行研究调查。我想，他是一位对"声音""文化的差异""人类的迁移"十分在意的人。小泉先生的重要研究之一就是"童谣"了。在"童谣"里，可能就存在着我们的起源、非洲的回响呢……

221 童话故事

　　类人猿变成智人的时候，人类就学会了"象征性思考"。也可以说那是人类真正变成人类的时候吧。如果不会象征性思考就无法使用语言，所以我觉得神话和语言几乎是相等的，不过，我觉得那时候的人所理解的世界、宇宙就是神话、童话故事。不知为何，但获取了这种能力的人类祖先的喜悦，大概也被极大地加载到了故事中吧。会说宇宙的故事，也说自己的故事。以及作为自己生存所必需的食粮，即动物们的故事。此外，故事里仿佛有动物和人类可以交换的世界观。人们用口语和声音来讲述这些故事。全世界共通的事情不断发生，足以让人震惊。

　　智人的脑部构造，几乎没有因为地域而产生差别，而是非常相似的吧。所以，绳文时期的类型和凯尔特人的类型可能也是相似的吧……

222 终于到了10岁、15岁了……

据说智人的存在历史有100万年。如果以此为标准，人类只在进化过程中度过了1万年，最多也就3万年而已，只占了其百分之一左右。所以说，人类还在古代呢。

所有的事物和1万年前曾经历的事情并没有太大的改变。现在还是刚刚学会象征性思考的婴儿期。当人类到了10岁、15岁的时候，世界又将变成什么样子？罗马时代，对我来说，就仿佛是昨天的事情一般。

223 文明与寿命

如果把人类的存在年份想作是100万年的话，那么文明的存在时间就只有1000年或是5000年那么短暂。例如埃及文明，支撑着埃及文明的就是环境，也就是生态（Eco），所以，当进入周围的树木全部都被砍伐掉了的阶段，我想这个国家的寿命也就终结了。希腊也好，罗马也罢，都是如此。沿着地中海的沿岸行进，干燥发白的土地一直延伸着，而这里曾经有非常郁郁葱葱的森林，是希腊和罗马帝国将它们砍伐一空。

这么一来就是终结了。所以，可以说，支撑着文明的下部构造的生态能否做到平衡，决定了文明的寿命。资源的部分一旦消失，上层构造当然就无法延续生存，这么简单的道理，全世界的领导者们却不明白呢。

现在，种植在地球上的树木不断被砍伐掉，地球上的文明也正逐渐接近终点。热带雨林被全部毁坏掉的时候，世界也就此终结。这件事，现在就在紧要关头。

224 给孩子的音乐

G　　没有想过要创作童谣吗？

S　　嗯……没有过这样的想法呢！

G 　也许童谣并不是你想要创作的内容，但是有想过为孩子做点什么吗？

S 　想过的。很早之前就想过，创作给孩子们的练习曲。我自己特别喜欢贝拉·巴托克（Béla Bartók）给他自己儿子作曲的《小宇宙》（Mikrokosmos）练习曲。那个真的很棒哦。

G 　名字也很棒啊。

S 　是的。小宇宙。内容性和音乐性我都非常喜欢，我也想什么时候去创作这样的作品。

225 避 难

"只是本能上想去避难。"他这么说。然后，说起了战国时代的千利休、宗达的话题。战争中的、艺术的话题。

今天的统治者输了，可能会有其他人上

位。无论谁夺取了天下，都需要活下去的态度，使艺术家们活到了现在。战国时代也是一样，说错了一句话就会被斩首吧。斯大林时期的作曲家、文学家也是一样，一直活在紧张之中。即便是千利休，也因为自己的"技艺"太过出色，被秀吉仰慕却最后被其赐死。所以，当今大多数的艺术家是不会说出自己的意志的。啊，真是令人失望啊。

226 在路上

G　有什么现在想去看看的地方吗？

S　没有特别的。

G　觉得自己身在何处呢？会觉得纽约有家的感觉吗？还是觉得自己一直在路上？

S　如果被问到家在哪里的话那当然是纽约，但我不觉得自己会一直待在那里。我不觉得会在那儿长久居

住下去。有在路上的感觉吧。下
一站会是哪儿呢？我一直在想。

227 新专辑／即兴

此次，他为了新专辑的宣传活动回国了。

虽然还有变更的余地（笑）。有和林德赛
（Arto-Lindsay）一起合作的、叫作《战争
与和平》的曲子呢。林德赛想了大约 20 行抽
象的句子，请 20 位纽约人士来口述，然后将
其"切碎"后做成音乐的形式。之后，再加
上即兴弹奏的钢琴。即兴创作占了很大比重
吧。举个例子，就是在巨大的画布前即兴涂
画，然后把喜欢的部分剪下来、扫描，进行
加工。即兴而作。当时就是这样一种气氛。

这一周内和他频繁地见了三次。他很安静。这种安
静给我留下的强烈印象是，他正在酝酿着什么新的事态。

在网络上看了他连载的"先见日记"。上面刊登着的叫作"裂缝"日记，让人联想到他的新专辑。是夜，他报告了耗时一年的个人专辑终于完成。我将其中的部分内容转载如下：

这一年，仿佛就是蜗居在洞穴中一般。在洞穴里可以听见全世界市民呼喊非战的声音。攻击着拥有人类最古老文明的国家的、美国生产的炸弹炸裂声，哭喊着的孩子们的声音，以及这个世界震动的声音都听见了。我什么都做不了，只能在洞穴之中"打磨""编织"着声音。我掉落到了洞穴这一个地壳的裂缝里，掉落到了 2003 年这个历史的裂缝里……

单曲 *undercooled* 将在 1 月 21 日发售，2 月 25 日专辑将问世。新专辑的标题为 *CHASM*（裂痕）。

229 无论看向何处
都是龟裂，不是吗？

发布了新专辑CHASM之后，他少有地去了夏威夷休养。不过，他直到现在还是不喜欢度假村，也没什么美好的回忆。

阳光明媚，天空澄澈湛蓝，但他却心情低落。因为这里的土地曾是被蹂躏了的原住民们的土地。森林被焚烧了，再也回不到固有的自给自足的生活中去。在这个地球上，充斥着各种各样的"裂痕"。他的夏日旅行开始了。

230 炎 夏

6月，他为了声纳音乐节的演出前往巴塞罗那，是和SKETCH SHOW（高桥幸宏和细野晴臣的组合）的共同演出。此后，他继续前往伦敦、巴黎、柏林、米兰。

纽约和东京，在6月以后都一直持续着30摄氏度以上的高温。而在全美，涉及地球温暖化话题的电影《后天》（*The Day After Tomorrow*）非常卖座。他在日记里这么写道：

> 看了电影《后天》，觉得很可怕。非常真实。虽然去看电影的那天正巧下起了雨，但从电影院出来之后情不自禁地抬头望向天空。作为好莱坞的娱乐电影，热门到一定程度，也会稍微改变一下世界吧？也希望在日本上映的时候能有很多观众去观看。

> 新潟、福井、福岛的洪水，全国性的酷暑，东京居然攀升到了40摄氏度。40摄氏度，那是和中东、印度、北非一样的温度了。真异常。

> 地球变暖引起天气异常，而这还只是一个开始。但它们的进程可能比我们想象的来得更早。

> 全球的谷物生产总值已经开始减少了。日元大幅跌落的同时，能源也无法从外国进口了。

> 但是，日本现在的农业水准没有办法养活3000万人，会出现互相掠夺食物，日本人自相残杀的情况吗？

在大型灾难到来之前，食物与能源的自给自足已经迫在眉睫……

231 美国2004

伊拉克战争的虚伪性几乎每天都会暴露出来，而在这一背景下，美国的总统大选也在进展之中。在这种情况下，他是如何切身去感受美国的呢？

在日本，迈克尔·摩尔的《华氏911》也成为话题，他也去看了电影。感觉怎么样？我发完电子邮件马上就收到了回复。

> 最近有很多有趣的电影。当然，也看了《华氏911》。第二天看了《超码的我》（*Super Size Me*），第二周看了《后天》。平时我不太会去电影院看电影，这种经历对我来说很少见。但偶尔去电影院也是蛮有趣的。

> 去看《华氏911》，让我觉得吃惊的是，观众里有一半以上是白头发的老年人。

> 虽然不应该以貌取人，但这些人一般来

说不就是投票给共和党的吗？我能明白他们真的受到了冲击。

"Oh, my God!""Oh, boy!"的呼声连续不断。

《超码的我》一定要看。年轻的纽约纪录片导演，用自己的身体来进行实验，而这个实验就是一日三餐都食用麦当劳的汉堡，持续吃一个月。当然，在这个实验开始之前就先请3位医生对他进行了详细的身体检查，实验过程中也一直进行着监测。

结果可想而知，到了第21天，医生就提出了要终止。因为他的肝功能已经极度恶化了。

《华氏911》排在《超码的我》之后，保持着全美第二的票房排行。它们会给11月的总统大选带来巨大影响吧。

在欧洲各个城市里面旅行游走，他看到了《超码的我》的海报。在看到海报的同时，他写下了这样的日记：

美国学校被少数巨型企业所操控，

孩子们置身于这样的饮食环境里，我
觉得特别恐怖。

他在邮件的最后用这样的方式进行了总结：

现在，波士顿正在召开民主党大
会呢……而诉说世界上、社会上如
此丑恶的纪录片则正在变得有趣呢。

给他回信。

的确如此。结果，在伊拉克并没有发现大规模杀伤
性武器，清晰地展现出这是一场在"虚伪"的基础上发
起的战争。

之后在阿布格莱布监狱里发生的虐囚拷问也都是
"并非有组织的行为"，或是来自（小布什的）"令人作
呕"的言辞强辩，不用说，怎么看都是虚伪哄骗粉饰太
平的态度。苏珊·桑塔格在5月23日的《纽约时报杂志》
（The New York Times Magazine）上严厉指出了这一点
（日文翻译刊物《论座》2004年8月号）。处在这种"鬼
话连篇"的美国媒体环境中，你是什么心情呢？

skmt回信说：

> 这种"鬼话连篇"从"9·11"之后就开始了。
>
> 我觉得这正是最大的问题。
>
> 对于从事语言工作的人来说，虽然会觉得这是最具问题的地方，但据我所知作出反应的，却只有边见庸[①]。
>
> 如果不能对小布什的"鬼话"提出反论，那我想西方2000多年的哲学历史就等同于付诸流水。放眼世界，谁都没有想要去做些什么，这让我觉得很失望。直到边见庸出现，才让我有了"终于……"的感觉。本来我觉得，健在人世的哲学家德里达（Jacques Derrida）等人，应该在"9·11"之后马上说些什么的，但结果太让人失望了。
>
> 和"鬼话"横行全球相比，真实的话语寸步难行。

---

① 　译者注：曾为日本共同社记者，后为专职作家，曾与坂本龙一合著《反定义》。

而且，这不是仅仅在日本才有的现象。

为什么会这样？我连去分析它的力量都没有，但在这个世界上，创作出了拥有切实传播力的《华氏911》的摩尔，让我觉得很伟大。

当然了，要在2个小时的时间里将所有的丑恶完全说清楚道明白是不可能的，所以也有人对此进行了批评，但是对于24小时浸润在福克斯新闻里的普通美国人来说，它却提供了一个机会，虽然只有2小时，但却有机会可以从反面视角来看待问题。对此进行批评的人，是完全不了解美国的傻瓜吧。

232 柏林／城市之力（潜力）　skmt20040830@TOKYO

时隔4个月的东京。对话是，关于欧洲行的收获。

从在柏林想到的事情开始。

　　这一次虽然一直待在柏林的东侧，但是却感觉很奇妙。街上留存的原东德的建筑、设计充分地融入了西德的价值观，东边的人也反过来用西边人的目光来看原来东德的样貌。他们清楚地意识到了这种恶趣味有趣的地方。所谓的繁华街区其实也只有一小片区域，但那里有好玩的酒吧、奇奇怪怪的艺术家，汇集了各种奇人异士。好像是电影《银翼杀手》里的世界一样，真是有趣呢。

伦敦、巴黎、柏林、米兰、东京。巡回都市旅行，感受城市的潜力。去哪里好呢？

　　有趣的艺术文化，只有在年轻一代的挑战中才会出现。也就是说，年轻人容易发起挑战的地方，其实也只能是物价低廉的地方。例如巴黎，物价就已经太高了完全做不到，东京也很难产出有趣的东西，不过京都、札幌这类地价低廉的地方应该就会出现。美国人也是一样，纽约无法进行直接的挑战，那在柏林成功了之后再去纽约，会出现这样阶段性思考的人。因为柏林是欧洲的中心，所以觉得物价高的人，会先去瑞典或奥地利发展，会有很多选择。选择分支非常多。相比之下，东京对于年轻人来说是个"残酷的"城市吧。我觉得在这样的地方很难出现有趣的东西了吧。实在是无能为力。不过反过来我也觉得，在这么怪的地方，大家也真是好拼好努力呢。

但还是没什么有趣的东西，对吧？

233 在八重山诸岛西表岛

去英国旅行，指的不是去伦敦，而是去保留着真正美丽自然风光的、靠近大西洋的威尔士吧。

他常常会说起世界各地的"地方城市"的故事。那里保留着自然风光，去街上转个两三家店，就基本上能够遇到大多数当地人。

米兰之类是他觉得最无聊的地方。米兰是写着

"Pace"[1]彩虹旗最少的地方。意大利也是乡村的地方更活力四射，包括那个"慢食运动（Slow Food）"，其实也是从非常小的村庄开始发起的。米兰也好，东京也好，从大城市起步的经济全球化，像战车一样碾压了地方小城，但在被完全破坏之前，"慢生活"这样的关键词，又引起了新一轮的"本地化"的复兴。它们互相推搡争斗着呢。8月份回到日本，因为电视节目的录制，他去了西表岛。

电视特别节目《寻找我的未来之旅》。"我想死在讲母语的地方（笑），就因为这一点而开始了这个企划。去探访我自己想去的日本地方，这真是一个概念非常粗放的电视节目（笑）。"两晚三天的短暂旅程。"这是我自己染的哦。"他说。桌子上放着一块蓝色染印的芭蕉纤维布，这是他在石垣昭子女士那里染制而成的。

西表真是一个好地方啊。

他虽然之前去过石垣岛，但是西表岛还是第一次去。

包含冲绳和八重山在内，西表岛是仅次于冲绳本岛的第二大岛，人口只有2000人。所以，留给每一个人的都是大片的自然风光。虽然有过岛津藩[2]的统治，以及明治政府后

---

① 译者注：意大利语中和平的意思。
② 译者注：琉球王国曾归属鹿儿岛藩统治，藩主为岛津家。

来的"皇民化教育"①。但比起冲绳来，岛上的风俗习惯都还完整留存着，而且因为美军的空袭很少，所以自然风光也没有遭到破坏。虽然也有像鸟居这样的建筑物，但是岛上的人并不太清楚深层的含义。我也觉得这真是一个很奇妙的地方呀，猜想他们是不是会比较多地使用岛上的方言呢？结果令人震惊的是，他们都说标准的日语。这让我意识到语言的集中化已经到达了多么深入的地步。一定会再去。南到西表岛，北方则一直到北海道的阿伊努族的地方，我想要去探访他们。虽然说不清楚大概，但应该是想去到原住民生活的地方吧。还有就是，如果我要离开纽约移居他处，那会去哪里呢？我也在考察着水、空气、食物和风俗等等。

234 *CHASM*／裂痕般的东西

2月在推出专辑的时候他也说了，*CHASM*只是一个

① 译者注：对日本以外的民族和人士进行对日本、皇室的忠诚和同化的指导政策。

版本。之后虽然还没有再发布，但是1.5或是2版本的"裂痕般"的东西，是他一直在追求着的。1.5或是1.7，正在走向2.0的半路。中途经过。

*CHASM*的国际版本在iTunes商店里发布了。因iTunes商店的原因，虽然发布有延迟，但终于开始看到了全貌。说到*CHASM*的版本，那是将在*CHASM*中得到的"裂痕性的"、具有分歧性的音乐，在这一延长线上继续发展的意思。所以，虽然说是1或者2，但是曲目是完全不同的。

他说起了为明年准备的音乐创作。能不能用钢琴去创作具有缺陷的作品呢？CD光盘时代的音乐制作方法、在西班牙声纳音乐节上的体验、SKETCH SHOW、卡斯滕·尼古拉（Carsten Nicolai）、克里斯提安·费南兹（Christian Fennesz），他断断续续地聊着和他们合作的有趣之处。

SKETCH SHOW 的两位也极具存在感，所以非常愉快。不过虽然大家彼此很熟悉，但 CHASM 和 SKETCH 的音乐却是截然不同的。尽管将双方的音乐摆在一起做了尝试，但是根本无法相融，大吃一惊（笑）。并不是说要选一或是二，但有的艺术要看见全貌之后才会有所体会，才出现音乐自己的味道这样的东西。而另一方面，裂痕性的音乐，像是用显微镜去看的那种音乐，把平时看不见的东西展现出来，所以会感觉很新鲜，但整体面貌是看不见的。在欧洲、东京和声纳音乐节上，只对"显微镜"有兴趣的年轻人聚集到了一起，但他们只要一感觉到了"画布的味道"，也就是说和弦和旋律一出现他们就拒绝（笑）。虽然不是电影《超码的我》，但却很像是只吃快餐的孩子。细川和幸宏也都不是在充分了解双方的音乐风格之后进行否定的人。即便如此还是新鲜。

235 断食道场

回到日本，在行程中见缝插针地安排了一周前往伊豆的断食道场。4 天的断食，然后再用 3 天慢慢恢复过来。

之前按照自己的方法进行断食的时候，第二天就感觉大脑不工作了，音律无法运转。当然，只是单纯糖分不足而已（笑）。虽然很害怕是否能忍受饥饿感，但断食之后也一直状态很好。

早餐（breakfast）里的fast指的是打破断食的意思。人在睡眠时候，就处于断食状态。那么就将肠胃休息的时间延长。他最近开始不吃早餐了。

平时集中在肠胃的血液，去往别的地方工作。因为带去了氧气，所以眼睛变得好了，脑袋也更清楚了。这是可以切身感受到的（笑）。啊，我也觉得很震惊，不吃居然也没事。我已经想好要每年都去一趟呢。

236 在新的一年里　　skmt20050206@NEW YORK

2004年底，他回到日本。苏门答腊岛的大地震引起了海啸。一进入新年他就马上去了纽约。

是地轴倾斜还是自转的速度变快了？众说纷纭，但美国比日本闹得更凶。

受灾程度与日俱增。但是真正让他震惊的是美国人的反应。

赎罪。在伊拉克发动了如此愚蠢的战争，仿佛要为此赎罪，美国人献身一般去募捐、运送物资。在海啸爆发后的两周内，持续混乱。因为海啸这样的天灾，人们获得了被救赎的情绪，我想这反映了人们有了罪的意识。

"正因如此，更说明战争是不可原谅的。"他说。

他最近对于使用电子邮件进行沟通的做法不太积极。

进入新年，他就立即钻进了录音室，过起了三周左右几乎足不出户的生活。"这对于我来说，是很不擅长的邀约工作（笑）。就算是打开电视，也都是伊拉克战争的话题，小布什就任总统的新闻等等。去听去看都觉得很痛苦呢。因为看见就觉得痛苦，所以不看报纸了，压力非常沉重。当然，也会觉得只要背过身闭上眼不就好了，但是自己的身体却不答应。关于美国的消息都不想看，真的是很讨厌了。"

skmt到目前要么是直接见面，如果不行的话就用电邮来沟通联络。他发了一封简短的邮件过来：

"偶尔也用电话做采访吧。"

对我来说真的很难。舍去自我，变得像机器那样工作，成为只有技能的人，这么做虽然很简单，但由委托方的判断来决定的工作，的确相当艰难。创作电影音乐的时候也是，每次都是到了自己想要大喊"就到此为止了！"的程度。

我们购买的商品里，并没有那种不知道是用来干什么的奇怪东西。它们是毫无矛盾地遵从设计意志被生产出来的，不允许有错误，也不允许有暧昧。但我创作的东西却是允许暧昧存在的，是多种意义的。在脱离了作者意识的无意识里蕴藏着什么含义。说不定我正在做的工作就是如何将暧昧的部分融入进来。和别人正相反。

12月28日，苏珊·桑塔格去世。她既是作家，也是评论家、剧作家、演出家。她不仅专注于艺术，也凝视世界的现实，"9·11"恐怖袭击之后她马上给《纽约客》（New Yorker）投稿，指出了想要反向利用恐怖活动去触发阿富汗战争这一连锁行为的小布什总统的愚蠢。她因此遭受了所谓爱国派的威胁，被暴露于险境之中。在伊拉克战争爆发之后，她也不断控诉着战争引发的各种暴力行径。论述巴格达监狱虐囚事件现场照片的《关于对他人的酷刑》，则成了苏珊留给我们的遗稿。

实际上，在创作 CHASM 的时候，我是受到桑塔格影响的。三重奏巡回到了米兰的那晚，在一个活动上，桑塔格朗读了自己的小说《在美国》中的一节。当时我也在场，和她见了面。那正是创作 CHASM 最火热的阶段呢。她朗读小说的口吻很平易，用的也是讲述般的写作方式。我觉得作为小说家，她非常厉害。从她身上我学到了很多很多。

在那之后，大约过了一年，我和莫伦兰鲍姆他们在进行 MS2 的巡回演出时来到巴黎，桑塔格一个人前来观看了演出。演出结束后，我们约定"在纽约再见面"，结果她却离开人世，再也见不到了。

对于她的死，当然可以说和美国总统选举也有关联，但现在的我，还什么都不清楚。判断停止了。

都说正确的话是否就能将心意传递给他人呢？我想仅仅如此是不行的。虽然也有人坚信真心可以被传递，但我始终觉得，也会有做不到的情况。正因如此，我对于桑塔格说话的口吻一直深有感触。

在纽约也是一样，没什么关于桑塔格的话题，或者不如说我没有去接触美国的状况。报纸也不读了，电视也不看了。但是，我一直在思考同一件事：人类是从什么时候开始，在大脑中形成了相互关联呢？有关这类的事

（笑）。考古人类学吧。我想知道是什么让我们变成了我们。

现在的世界正在变得越来越"神话型"了。《魔戒》（*Lord of The Ring*）这种神话题材的故事也大受欢迎。1999 年创作歌剧 *LIFE* 的时候，当时是以瓦格纳的《帕西法尔》作为重要基础的。我想和村上龙制作出类似《帕西法尔》这样的作品，结果却没能成功，但我很顽固，现在都还在想（笑）。

最近又常常听《帕西法尔》，也重新去观看。它是以北欧神话埃达（Edda）为基础的故事，让我解开了各种各样的谜团。现在，虽然世界上有小布什，我们被商品世界所围绕的，我想这也必须要用稍微神话一点的方式去解读才行吧。

所谓用神话般的方式去解读指的是，去窥看我们自己。在新石器时代以后，人类大脑因为有了革命性的变化而产生行动，如果不能同时看到这一点，那么就不会明白我们自己现在正在做什么。不过，要把这种想法马上反映到自己正在创作的作品里去就很难了。慢慢地、一点点地来吧。虽然从10年前开始，我就关注了"生态音乐"，但也感觉始终是点滴徐行。

说起来，《帕西法尔》也是追求救赎而不得的故事。*LIFE* 最后的主题也是在问救赎究竟是什么。归根结底，它依然是3万年以来人类故事的主题啊……

为了不让美国那么随心所欲，就必须让中国越发努力才行。美元什么时候暴跌都可以的状态一直持续着，经济类杂志现在每一期都在拉响警钟。从历史上看，所谓"帝国"，必定会在经济上崩塌。因为这是由帝国想要控制世界的欲望所决定的，而为此付诸行动却需要花费大量金钱。因为维持统治的兵力不足，所以不得不使用伊拉克当地的士兵。因此，在美国国内也一度响起了恢复征兵制的呼声。没有兵力、没有钱，仿佛靠着借款生活度日那般，已经到了哪天屋顶塌落下来也不足为奇的危险状态了。

他现在正在制作专辑/05。可以说那是/04的姐妹篇。"已经完成了3/4了吧。"这几年，他虽然以小规模组合的方式进行着现场演出，但没有举办过正式的音乐会。去年推出CHASM的时候也是如此。不过，他正在构思今年夏天举行，自2000年之后的时隔许久的现场演出。那么，他的"裂痕般"的夏天，会是怎样的夏天呢？

239　初期的声音／
大泷咏一的启示　　skmt20050223@NEW YORK

隔了很久，我们在纽约终于一起吃了晚饭，在常去的附近的意大利餐厅里。唱片公司以及NHK电视台的制作人也在一起。一边进行着"音乐大街Sound Street NHK-FM音乐特别节目"的讨论，一边进行采访。这是在2003年的时候，坂本指名邀请大泷咏一制作的节目。

猫王等人的，统称为摇滚初期的音乐非常棒，但是为什么会产生这些音乐呢？关于这些历史或背景，我完全不知道。想到要去问问谁的时候，觉得就只有大泷先生了。抢夺了黑人音乐，美国音乐或者说猫王的音乐才得以诞生，但这并不是单纯的图表性的故事，而是各种各样的元素和流行巧遇到了一起才成就了猫王的音乐。而它也根本不是原始的声音，而是使用了当时最新的技术混合而成的。

是很奇怪的声音吧。简而言之，就是"人工的声音"。偶尔在车载收音机还是哪里听到播放猫王的音乐，听了之后觉得很电子音乐（Electronica）啊……为什么会变成这样呢？

古典音乐也好，现代音乐也好，hiphop流行也好，都是一样的，精致的流行，再往下发展下去，就会朝着越来越奇怪的、人工的方向前进。浪尖上就会出现各种奇怪的人物，很是有趣。虽然最后走到那里就止步结束了，但最前沿的地方，无论是诗歌也好，小说也好，都是那么有趣。在那个点，各种力量都在发挥作用。科技也好，当然受欢迎也是必需的。某种音乐只有在开始发售受到追捧之后，才会逐步继续朝着那个风格方向前进。那么，大泷先生想说的是，在美国曾经有三大流行的趋势，但是只有猫王正巧将它们结合到了一起，形成了一种妖魔般的产物。音乐里，有很多偶然的元素，可以说没有100%可以掌控的东西。

约翰·凯奇、大卫·卡宁汉把它叫作"错误系统（error system）"，虽然会出现想要去利用偶然的人，但是在这样的脉络中去听猫王，从创作音乐这一点上说，却很清晰地表明这绝非偶然，它是人为的、有着明确制作原则的产物。与其说是从猫王开始的，不如说早已经有了到达那里的准备基础和独特精美的流行趋势。

为什么我会觉得它有趣呢？一定是因为自己当时处在制作CHASM最火热的时候。

与其说是关心猫王的声音，不如说我关心的其实是大多数声音，并不是因为我创作了CHASM所以才这样，而是对于"奇怪的东西"我一直有兴趣。和猫王本人相比，猫王的声音才是"奇怪的东西",为什么事情会变成这样?我想这是一个很有趣的研究题目。

　　并非突发变异才变成这样,成就猫王的"演唱方式"或是"乐队风格""团队""混音""音乐的用法",都有其一路走来的形成经过。大泷先生果然对此了如指掌。在美国甚至还有《摇滚乐的发生·起源》这样的书,我向大泷先生请教,当然因为已经知道了其中的历史经过,就好像是学习那样,所以也没有什么特别感觉了(笑)。与其说是新发现,不如说是听着声音,感觉"啊,有点怪",再没有比这更让人喜悦和惊奇的了。没有什么比让人觉得"这是什么呀"更惊喜的了。这已经一语道尽了所有。人生第一次听到德彪西的时候、披头士乐队的时候发出的"这是什么?这是什么音乐?怎么不明白呢?要怎样才能做出这样的东西来?"这些不知所云、不明原因的情况会在人生之中发生几次呢?这才是重点吧……

一个疑问。

精致的对立面，就是所谓的单纯化和复杂化这两条极端的道路了吧。他创作了几百首曲子，也为了演奏而着手进行编曲，但不知为何却始终没有变得"沉重"、颓废，或变成巴洛克风格。这是为什么呢？

　　因为头脑单纯啊（笑）。而且我讨厌花费时间。虽然深思熟虑本身很好，但也会越陷越深。如果往前追溯，一路到达 20 世纪的音乐，过去当然没有互联网，对于能够追求一件事来说是很好的环境。现在如果不是特别情况，是做不到那种隐居在山上砍柴烧炭那般专注创作音乐的。在莫扎特的时代，前往当时音乐最先进的国家意大利必须乘坐好几天的马车，才能亲耳听到他的音乐。

　　瓦格纳和勃拉姆斯也都是有充足时间的吧。而 20 世纪，则仿佛是哈里·帕奇（Harry Partch）那样住在亚利桑那和新墨西哥，或是身为艺术家却住在沙漠里的詹姆斯·特瑞尔（James Turrel）。

举个例子，虽然我不是歌德，但也知道在昆虫和植物的外形里，蕴藏着极致的合理性和复杂性。拥有自律性，并且能够自我繁衍繁殖。这一点正是让我觉得生态的地方。既有合理性，但也无定形。不过，人类的头脑没有自然那么聪明，所以制作不出那样的音乐，生态的音乐。

虽然完全不同，但是俳句有着和凯奇的音乐很相似的简洁。不过实际上，却又很复杂。极简又复杂……在极简音乐里面，菲利普·格拉斯或迈克尔·尼曼，也是"很厚实"的。特里·赖利（Terry Riley）的音乐是我从高中时代开始听的，他最近的作品才比较有意思。不过，最时髦的还是斯蒂夫·莱奇。不厚重，发着光。所以，怎么说呢，能够平静弹奏出浑浊和弦的家伙，在现在这个时间点上来说是不行的。不适合做音乐家（笑）。

241 现在再一次围绕CHASM专辑

其实，这么说可能挺不好的，但只是"差异和重复"而已。差异的重复，重复的差异。结果，这就是"人生"啊。所谓"人生"，不就是"差异和重复"吗？……

德勒兹的《差异和重复》，在书的一开头就说了"只有独特的事才会被重复"。我在制作 CHASM 的时候，花了一年时间思考，"差异和重复"这件事。所有的一切都是重复呢。

242 实验演出　skmt20050629@KYOTO-HONEN-IN

京都，正是盛夏时节。天空看上去像是要下阵雨的样子（昨天有过非常鲜艳的晚霞）。但是，法然院却静默着。在这座与世隔绝的寺庙的墓地里，沉睡着谷崎润一郎、河上肇，还有稻垣足穗等等。

傍晚，6点左右开始，人们一点点聚了起来。今天的活动虽然已经在网络上做了告知，但没有在任何一家资讯类杂志上发布信息。

在日本画家堂本印象所画的隔扇画的房间，所有的隔扇画已经都被取了下来，榻榻米前方的日式庭院展开在众人面前。演出者是坂本龙一和艺术组合Dumb Type的高谷史郎。小小的桌上放置了几台笔记本电脑。在可以看见庭院的、围绕着主屋的走廊上，设置了三面小型的临时屏幕。

两人将这叫作"实验演出"，是仅此一次的"实验"。

坂本说："就是想在五六个人面前演一下。"高谷史郎以前在歌剧 *LIFE* 的时候担任演出影像。两人一直持续着日常的交流，虽然都提到了"想做点什么项目出来"，但却一直没能实现。

就像是阴翳礼赞，昏暗之中，看不清彼此的脸。但是，庭院的绿色还是闪烁可见。屏幕上开始播放高谷君制作的视频影像。自然与地图，交叠着CG制作的线条。声音不是旋律，也不是节奏，而是蕴藏着噪音杂声的。既没有开始也没有结尾的声音/音乐浮游开来。

坂本龙一用笔记本电脑和iTunes，可以当场创作出想到的曲子和波纹。这是已经在Human Audio Sponge[①]的演出活动以及 *CHASM* 里尝试过的，但这次有了

---

① 译者注：日本乐队，坂本也是主创人员之一。

和影像的合作。虽然高谷史郎在Dumb Type的作品里担任影像工作，但像VJ那样在现场演出中播放影像则是首次。"如何轻盈地、简单地进行现场演出，是此次的主题。"高谷君如是说。契合了"为了自由度"这个关键词吧。为此，高谷准备了两个资源。一条线是CG，另一条则是从十二三个元素中制作的动画和静止画的数码档案。横跨三块画面的影像用QuickTime软件提前输入进笔记本电脑，另一台电脑中则事先存好CG，通过第三台电脑进行操控。给影像配上声音，声音又因为影像再互相反应，"实验演出"如此进行下去。他所重视的，是"Timing时机"。

随着现场演出的推进，法然院周边栖息的青蛙，对坂本的音效做出了反应，蛙声时大、时静。与自然相呼应的欢喜。能看到坂本和高谷君一边笑着，一边操控着电脑。自由度的实验、声音和影像的欢宴。

夜幕低垂，逐渐接近黑暗，既有看不清的东西，也有逐渐看见的风景。演出中，又混入了隆隆雷声。似乎又要下雨，但一直没下下来。这就略有遗憾了。和没有起始一样，没有收尾，1小时左右的实验演出告终。

243 苏珊·桑塔格的
　　 追悼会

　　去年的12月28日，苏珊·桑塔格去世了。她不仅是作家、批评家，她也进行了剧作家、电影导演等丰富多彩的活动。和她自己常说的一样，她是"写字的人"，但同时在时代危机的局面里，她"发声""行动"。她有一本自己撰写的叫作《激进意志的风格》的书，但她自己却比谁都更为"激进"。她最信奉的是，去抵抗"由语言带来的世界单纯化"，去抓住"世界的复杂性的整体"。

　　"9·11"之后，世界被战争和恐怖袭击所覆盖，她在受到病魔侵袭的同时也没有停止激进的发言。所以，她的死超越单纯"失去"的含义，给了人们更为重要的意义。

　　为了"追悼苏珊·桑塔格"，可以做些什么呢？当然，举行虚伪的纪念仪式毫无意义。在苏珊·桑塔格生前有着紧密牵绊的木幡和枝氏，有过多次反复讨论的浅田彰氏，由他们举办的研讨会，可以说是最为自然的方式了。坂本龙一和高谷史郎携音乐与影像参加了。

　　会场在京都造型艺术大学的春秋座。ASP学科的

"艺术编辑研究中心"召开研讨会，举办了这一追悼活动。

和前几天举行的"实验演出"不同，这次首先是由坂本龙一选择桑塔格写的文章开始。他引用了她最后的小说《这美国》中的文字。成为充满梦、期待、恐怖的神话国家，应当成为支柱的真实性却消失了的国家。居住在欧洲的各位，对这样的国家抱着某种印象成为它的俘虏。一边想象描绘它是牧歌般狂野的国度，一边寄托了一缕期望。但另一方面，在内心深处并不确信这样的国家真实存在。可是，它不正好好地存在于此！

对存在于现实中的这一事实感到深受打击，因为这种存在看上去极为非现实。震惊、迷茫，又不能称之为真实。所谓现实，就像是遍布着小小的意识水坑的干渴大地。被现实所吞噬，去感受现实吧！……

引用还在继续，以及美国本身就是"共产主义的"，在可以尝试所有的"理想主义的国度"这一段落上终结。矛盾的"美国"……

高谷史郎为这段文字创作了黑暗中群星闪烁般的三幅画面，文字横跨在上面流动而过。之后，是高谷史郎旅行时拍摄的巴伦西亚和挪威的雪景叠加在其上。

配合这段影像，坂本龙一尝试了音效拼贴的方式使用了阿福·佩尔特（Arvo Pärt）的静谧的音源。并不是要捏造出天堂，沉醉于悲伤，而是桑塔格的灵魂仿佛还在地上继续摇晃般的音乐与影像的结合。

最后，安妮·莱柏维兹（Annie Leibovitz）为她拍摄的肖像，加上集合了桑塔格晚年的"声音"《良心的领界》（The Territory of Conscience）中的文字，在这一影像上汇合。文字选自《给年轻读者的忠告》：

"要警惕审查制度""要多阅读""要四处活动""要憎恶暴力"……

虽然很安静，但到场的人们都清楚地确信：她虽然离去了，但新世纪的当下，却从桑塔格开始。

244 blog／tour skmt20050819@TOKYO

他从8月开始写博客。虽然他之前也在自己的网站上连载日记，但可以看出他现在想要更进一步地将自己获得的信息与他人分享。刚开始的日记是极为简洁的，但现在这种自己日常报告的口吻少了，虽然不在媒体上发布，但是在网站上他会摘选世界各地重要的信息、新闻、数据和思考，每天都上传博客。地球变暖、环境破坏、小泉邮政民营化的本质问题等，每天都会发布，并发表自己的意见，以及上传读者评论的链接等。

不过，这并非来自新闻工作者般的使命感，那只是公开为了自己每天生活、生存下去所相关的内容而已。他不畏孤立，快速地进行判断，然后活下去。这也是以激进的自然体来进行的。

和之前几年相比，2005年对他来说是为巡回演出而忙碌的年份。每一天都是连轴转。有什么迎面而来的预感和每天的现实相互交织。像是要对应游牧生活一般，他也专心致志于巡演博客（tour blog）。7月初回到日本之后，他和史蒂夫·詹森（Steve Jansen）（鼓手、打击乐、电脑编程）、克里斯提安·费南兹（Christian Fennesz）（吉他、电脑编程）、斯库里·斯沃里森（Skuli Sverrisson）（贝斯、吉他）、小山田圭吾（吉他、电脑编程）组成5人组合。为了在ICC进行回顾展"时间的记录"而访日的劳里·安德森（Laurie Anderson）也来到了彩排现场。东京、大阪、名古屋、福冈巡演的背后，他用自己拍摄的照片和文字来进行报道。他称之为"瞬间"的密集型巡演。除此之外，还有和歌手元千岁（Hajime Chitose）

在广岛原子弹爆炸圆顶屋前的现场演出，以及在日立那珂市 "Rock in Japan 2005" 活动上的演出，8月8日在 ICC 的即兴演出。引用他在博客中的发言：

> 行程非常顺利，简直让人觉得有点太顺利了。虽然说时间很短，但是在巡演中培养出来的即兴合奏很成功。具体来说，只要有谁指出了自然而然的方向，大家就能啪的一下都朝那个方向去。就像是热带鱼，或是象群一样。这种反应太好了，虽然我觉得不定形的状态再保持久一些也是不错的，但这么想太过分了吧？

245 现场演出／寻找愉快的时间

> 比预想的（笑）收获要多。当然一开始就没有将再现 CD 效果这件事当作目标。如果是那样的话，用电脑来启动就可以了。因为已经100%都知道了。所以说，现场表演的意义在于，想要去目击自己所不知道的事物。

它可能是某种混沌。为了得到它，毋庸置疑，一起同行的伙伴就很重要了。

他在彩排前将基本概念发送给各个成员。那就是"作为音乐成立的基础部分，我会在纽约制作好带过来，请各位在彩排中自己找到愉快的内容"。这一点像是由大家一起来绘制200号尺寸（约2590 mmx2590 mm）的巨大画作。画的主题虽然定下来了，但是彩排中的每一天每一个小时，都将不断改变这幅画。由大家来共同拥有这一画面。

尽管巡演开始了，但依然会觉得它像是彩排的延长物，在巡演过程中不断地变化着形态。在最后的福冈站，的确有了完成的感觉，但是就此终结了它的可能性的话实在太可惜。就像是"哎？要停下来了吗？"一样。但选曲是非常严格的，是在彩排最后一天决定的。就算是代表曲目也已经脱胎换骨裂痕化了，为了再现《圣诞快乐，劳伦斯先生》（*Merry Christmas Mr.Lawrence*）而请小山田君来演奏一样，这是不可能的。而是因为《圣诞快乐，劳伦斯先生》已经成立了，所以在这基础上来玩耍吧。

他之前也曾经公开表示过，并不喜欢即兴音乐。虽然被称为自由音乐（Free Music），但大多时候反而是被"自由"所束缚的。

> 曾经被怒骂过"那是因为你还没能自由"（笑）。不想去制作已经组合好了的格式，无论如何都会想去破坏它，但这么做了就会大家空忙一场。不过这一次却比预想的要有趣得多。虽然我的曲子是基础，但大家几乎都把这件事情给忘了，不在意原创是什么，又是谁作的曲子之类，发出自己的声音来。

246　在旅途中／幻想／回忆的力量

"在巡演中我有一件一直在思考的事情，结果却把它忘了！（笑）虽然觉得有过紧张的状态，结果却又什么都不知道了。"他继续笑着。

真是炎热到异常的夏天。之后听说突然又解散了国会，变成总选举。我们聊到了关于邮政"民营化"背后美国的动作，邮局储蓄340兆日元会如何流向美国国债，成为支持伊拉克战争等的财政源头。

这么一来，剩下能够售卖的就只有土地了，政府接下来可能要做的就是，将日本国土本身售卖交付出去了吧。

两个人坐在笔记本电脑前看着博客。今年夏天的巡演博客。"每天都更新了啊。"屏幕上出现了大阪的现场演出画面。"大阪的南港几乎已经全部沦陷了。那栋大楼的名字居然叫WTC！"名古屋、福冈，以及他拍摄的留在广岛墙上的黑雨。法然院演出的回忆……

我突然想到了"科幻（Fantasy）"，并开始了这个话题。

——卢卡斯的《星球大战》是最大的科幻产业了，现在的年轻艺术家们虽然形态不同，但我觉得他们都想活在科幻之中。

现实也变得科幻化了。边界正在逐渐消失。但重要的是人们想要回复科幻力量的这一趋势吧。

卡洛斯·卡斯塔尼达（Carlos Castaneda）① 的纳瓦尔神（Nahual，玛雅文化中的庇护神）的力量，列维－斯

① 译者注：秘鲁裔美国作家和人类学家。

特劳斯（Claude Lévi−Strauss）的《野生的思考》。绳
文人曾拥有的，而我们却失去了的力量，我们围绕这个
话题继续交谈。然后聊到米切尔·恩德（Michael Ende），
关于以神话形式留存下来的东西。我向他推荐了刚读完
的勒·克莱齐奥（Jean-Marie Gustave Le Clézio）的小
说Revolutions（日本译为：はじまりの時/开始之时）。
再加上《奥尼沙》（Onitsha）、《帕瓦那》……

　　　　捕猎鲸鱼，与虎鲸和熊搏斗。我们的先
祖以各种形态与自然之力相触碰。美洲原
住民所说的"伟大的神灵（Great Spirit）"。
那就是根源所在了吧。想回到那个时候啊。
大海现在也依然拥有着这样的力量。面对危
险时生与死的感觉与压力相偎相依。这些都
是人类的基本吧。

　　声音，会唤醒身体深处的一些"什么"。是的，在那
场ICC的现场演出中就能感受得到那种力量。我对他说，
有一天自己被各种各样的画面唤醒，急急忙忙把它们记
下来。他说：

　　　　以前，刚开始听到德彪西的音乐时，会
缅怀自己从未到过的时代和地方，有过这样

的经历。类似自己出生之前的1920年代的巴黎，会有那种感觉。而且，会有那种眷恋感怀的感觉出现。只要听到那些声音就会如此。这是怎么回事呢？真是不可思议（笑）。但是，这种感受非常愉悦。

日本的巡回演出结束了。但他的旅程还在继续。10月份，他会和卡斯滕·尼古拉一起参加为期一个月的in-sen欧洲巡演2005。然后12月再回到日本进行钢琴独奏的巡回演出。

247 和卡斯滕·尼古拉一起／（音乐的根源）

skmt20060110
between KYOTO
and NEW YORK

年末钢琴独奏巡回演出的时候，虽然演出结束后在后台也聊了聊，但完全约不到时间，一直拖到了新年。然后，给刚回到纽约的他做了电话采访。他在2005年，完成了三种类型的现场演出。乐队巡回、和卡斯滕·尼古拉的合作巡演，以及钢琴独奏巡演。还有谁能顺利完成如斯？首先从较早之前的、去年10月开始的insen欧洲巡演说起，那是从柏林、伦敦、巴黎、罗马、米兰，巡回在欧洲各大城市的、同卡斯滕·尼古拉同行的合作之旅。

卡斯滕·尼古拉和他至今为止已经合作发行了两张唱片。一张是 vrioon，另一张是 insen。虽然在一起录制过唱片，但一同登台还是首次。"为期一个月，一直在一起，当然这也是第一次。"

他一个人降落在柏林的泰格尔机场时，来迎接他的也只有卡斯滕·尼古拉。之后的一个月里，也几乎都是他们两个人的旅程。

卡斯滕·尼古拉开着面包车，简直有一种新人乐队的感觉。

卡斯滕·尼古拉 1965 年出生于原东德的卡尔马克思市（现在名为开姆尼茨）。他是拥有自己唱片厂牌 raster-noton 的音乐家，是运用电音和视觉艺术的独特手法在国际上获得高评价的艺术家。电音、杂音、诗歌……他的表现方式无法用语言固定下来。

我们并不了解东德曾是一个什么样的国家，所以充满了想象。因为开始巡回，所以有很多时间，我们就他的成长、在原共产时代国家环境里长大聊了很多。我还曾经是新左翼呢（笑），对斯大林主义的共产主义阵营非常抗拒，但同时也对资本主义很反感。所以，我对原东德的人们在柏林墙倒塌了之后是如何思考、如何应对现实的话题十分感兴趣。但也一直不知道真实情况。例如，卡斯滕能说多少俄语之类。啊，肯定是很流利的了，但他自己是不太会说起这些的。

一和他聊起天来，就会说起他在孩童时期听到的广播节目，均以苏联的内容为主。卡斯滕说那个时候也曾说到过"在什么事物上会感受到艺术？"但他说，在当时的广播中，如果有了政府感觉棘手的信息，必须消除的部分就仿佛是审阅的墨点般，排列成了毫无意义的"俄语的数字罗列"。一直用俄语报数字，就像特工人员做暗号的数字一样。那么随机的数字，真是非常有艺术性，让人感觉有"音乐"的存在（笑）。他说，那就是他艺术的源头。真是他的风格啊！

但这并不就是音乐了啊。如果把它当作

音乐来听，说得极端点的话，他所谓的"艺术的根源"，正是"从不是艺术的事物中感受到艺术""消除环境背景"才是原点吧。去除了"晚霞""海的光亮"，这些带有意义的东西被全部剥离之后，将其作为"光本身"来看待的做法，是从印象派开始的做法。所以说，卡斯滕就接近于此。1966年之后，虽然可能并不知道最新的动向，但20世纪的艺术，他肯定都了解了。

他最早感受到冲击的西方音乐是劳里·安德森的作品，据说他深受感动。我想一定是因为安德森的作品《啊超人》（O Superman），他说劳里现在依然是他的偶像呢。那是怎样的一种冲击呢？"这个我忘了问了（笑）。"

巡回演出也到访了卡斯滕的故乡、原东德的城市开姆尼茨。虽然那里作为奥迪汽车的发祥地而被人熟知，但他感受到了某种"包豪斯风格的东西，通过社会主义方式发展起来的城市样貌"。

原东德的设计相当有趣。卡斯滕原本就

是学建筑出身，所以这次的舞台设计也由他担任。虽然是去了之后才第一次看到他的设计，但真的很酷（配合钢琴，放置笔记本电脑的桌子也是多角形。两人身后也有影像投射）。虽然我弹奏钢琴，但钢琴本身非常有存在感，以完成度极高的形式呈现出来。另一方面，卡斯滕操控笔记本电脑。所以，他也是考虑到了舞台设计的。

和他在一起最深的感受是，他对"杂音和音乐的界线，边界领域"的处理方式。他的音乐，所谓音乐的部分会融入杂音里，他就是喜欢这个样子。那简直就是约翰·凯奇的风格领域呢。虽然他本人说不喜欢凯奇，但对我来说却感觉和凯奇很接近。

给曲子取什么名字，使用什么元素，我们俩从头开始讨论决定。不过，变更是很自由的，根据不同情况将两首曲子连起来或是合并，很灵活。虽然有曲目，也相当自由，但并非即兴。

和克里斯提安·费南兹他们一起进行的

乐队巡演，有着清晰的曲目的形态，然后在这之上进行即兴表演。在曲目的基础上，乐队成员随意发挥。感觉是在曲目上层层叠加即兴，但和卡斯滕的合作则是我和卡斯滕并列左右，感觉拥有相当高的自由度进行的。虽然有着可以被称为曲子的、决定好了的旋律和节奏组合，也有打击乐的音色之类，但我弹不弹这一旋律却完全是自由的，曲子的长短也是自由的，会将5分钟延长到10分钟。

两人在欧洲圈旅行了好几个国家，"也可能是因为城市不同，而逐渐改变了意识吧"。

我们各自在做的事，也许说不上是全新的，但由两个人来做，就有点新鲜的意思了，虽然并不知道能不厌倦地持续到几时。今年也会出席巴塞罗那的声纳音乐节。6月、7月前后也计划再花上一个月在欧洲巡演。去年没去的维也纳和丹麦也要去。

他在年末举行的钢琴独奏巡演音乐会到了福冈，之后顺道去了YCAM（山口情报艺术中心），得以目睹了由卡斯滕创作的空间装置作品 *syn chron* 的布展工作。

还是在开展前呢。由激光组成的光的图案可以用键盘弹奏出来。让我玩了好一会儿，完全玩不厌。真是一个很棒的圣诞礼物呢。

电话那面的他，传递出了他和卡斯滕的合作是种难以置信的"可能性"。"可能性"这种感觉，在这个时代里是多么重要的事啊。他说计划在今年推出新专辑。我们约定在纽约见面，然后挂上了深夜的电话。

248 正月读书

完成钢琴独奏的巡回演出，年末时他少有地去泡了温泉。正月的读书清单里，有柄谷行人的《近代文学的终结》、中泽新一的《潜水造陆》（*Earth Diver*），还有二叶亭四迷的《浮云》（果然还是不读白话文啊）。

249 下大雪

洪水灾害过去正好一年。今年冬天的雪灾也是刷新纪录的。

随着地球温暖化，北冰洋和喜马拉雅的冰川大幅度融化，大气中的水分含量增加，然后落到地表上。因此今后也会不断出现大洪水和大雪灾吧，以及，如果水分大量降落到某个地方，也会出现完全不下雨不下雪的地方。与此同时，沙漠化也会变得越发严峻。令人恐惧的是，因雨水而造成的土壤流失，必然又会导致反复发生粮食危机。

最恶劣的事态是西伯利亚永冻土的融化。如果沼气被喷出释放的话，那就一下子全完了。因为沼气里温暖化气体比氧气中的多1万倍。

看了他博客里的"相关内容"，知道了詹姆斯·洛夫洛克博士（James Lovelock）出版了新书。《盖亚的复仇》（*The Revenge of Gaia*）。内容是关于地球变暖问题，我们已经错过时机了。

午后的访问。雨后的纽约。

他在地下的工作室制作与克里斯提安·费南兹合作的专辑的混音。从开始到现在已经花了3年时间了，他说也该是告一段落的时候了。今天是周末，录音室里只有他一个人。他亲自倒了红茶给我。

> 没有什么特别想去的地方，也讨厌旅行，真的去了也会觉得很不错，但却不喜欢在路上的过程。所以，旅行什么的，如果睁开眼就身在别处，那再好不过了。

他正在读书。什么书？我问。他说把书名说出来就不好意思了。是乔治·巴塔耶（Georges Bataille）的《色情》。还有呢？马古利斯的《神秘的舞蹈——人类性行为的演化》也在重读中。我询问他读书的理由，居然是从前一直就在考虑的、创办情色与生态相关联的杂志，现在"牵扯"了某生态型的杂志，正在计划着出版！

> 人类的根源吧，必须要有情色才行的。code 这个团队，最早开始着眼于生态，是学究型的。所以现在这个是它的反面啊。不色

情的话，没有人想靠近过来啊，特别是那些
"混蛋们"啊（笑）。

他说日本的社会最能清晰地表达出自民党的性质。
即"混蛋们"的社会，金钱、逐利。简直就是黑暗大陆。

能不能把这些变成生态化呢？不进行解
冻的话是不行的，虽然有很多生态环保型杂
志了，但是还大多停留在漂亮的表面上。这
样下去只会越来越错失良机。

他所说的"生态 × 情色"，并不是开玩笑，而是必
须引起"混蛋们"的兴趣、有感而发的企划。

但是我提出的企划全都太硬了，都变成
了巴塔耶或是马古利斯了（笑）。不仅是因为
洛夫洛克最近出版的新书，发现危机性的科
学报告最近也不断被发表，像是都凑到了一
起那样。不仅是北极，南极的冰山也开始融
化了呢。

他说，这只是我的第六感，并没有想要去调查，但
作为前提："早在科学家发布之前，我就已经觉得毁灭性
的灾害将频频发生。模模糊糊预感到的事情，已经清晰
地变成了现实。地球温暖化的上升幅度，也比以前预测

的幅度要高得多，最近某位科学家开始这么说了……"

他时常在附近散步，去看看哈得逊河。

是去看水位呢。潮位会随季节和时间变化，但水位确实会涨到很靠近地面的水平位置。当然，并不是说这么下去曼哈顿岛就会被淹没，但一旦遇到上游地区普降大雨，或是下大雪的话那又会是什么情景呢？现在，因为水而遭遇的灾害在世界各地发生着。哈得逊河的上游如果爆发大雨的话，就会很容易引发大洪水。曼哈顿地下的管道线路、电话、重要的基础建设全部都在。如果真的是这样的话，很可能会引发大混乱吧。

数据什么的也都会全部泡汤了吧。

每天都在这么思考呢，他淡淡地说。电脑硬盘也在地下，能不能躲过去呢？因为潮位上升而快被淹没的南太平洋的图瓦卢岛，不能说是很遥远的事吧。

251 利己主义的美国

对于威胁到自己的健康、安全和生活的事物，美国人是非常会抱怨的，并会上升到利己主义的程度。去年，卡特里娜飓风袭击了美国新奥尔良，我想当时有相当多的美国人大吃了一惊。

的确，那里位于南部地区，而且受害的也大多是黑人。几乎所有的批评都被作为人种问题提了出来，但是却没有指向根本上的、对于地球变暖的意识。相关对策、行动这些方面根本没有进行下去。

美国人，说得极端一点，是主张个人利益达到全球第一利己主义程度的。相反，如果和自己没有关系，就完全不关心。即便他人遇到了灾祸，他们也会觉得只要自己得到帮助了就好。

但是，一旦自己的生活受到威胁的话，就会马上大吵大闹。利己主义也有好的一面和坏的一面，就如硬币的上下两面。

全球氧气实际排放量的 25% 是美国排放的，如果美国人能有所改变的话，对于整个世界来说是有很大益处的。我不清楚，这是否能够拯救地球，但也许可以在灭亡之前赢得百年左右的时间吧。科学家常常用小行星来做比喻。已经明白了它们会相撞，如果什么都不做的话就会这么发生。这和地球变暖的问题是一样的，要对应解决的话肯定越早越好。对应越晚，受灾情况就越严重，毁灭也就越提前。自然仿佛为了让我们看到这种力量而不断引发灾难。

我想，就算是那么利己主义的美国人，也终于开始思考了吧。

252 安魂曲／白南准

今年的 1 月 29 日，媒体艺术家白南准去世了，终年 73 岁。出生在首尔的他，在东京大学学习了美术史之后（毕业论文是研究阿诺德·勋伯格），去了慕尼黑，跟随卡尔海因茨·施托克豪森学习作曲。之后，使用电子TV（模拟信号），全力投入到了视频装置作品和演出之中。

关于他的创意，实在很难用三言两语整理出来，但是他给同时代的人播撒下了许多关于自由和自由精神的种子。

在他去世后的一段时间里，世界各地都在举办纪念他的活动。在纽约、洛杉矶、苏黎世、巴塞罗那、首尔，以及日本。东京都现代美术馆也举行了白南准先生的追悼展览。

"和你说过吗？我去了白先生的葬礼。之后，也为在日本举行的追悼活动写了曲子（这么说着，他就将曲子播放了出来）。"

"曲名叫什么？"

"没有曲名（笑）。正好朋友有我和约瑟夫·博伊斯（Joseph Beuys）在草月会馆合作演奏时的录音，所以使用了其中的一部分。"

实际上，他是在1980年白南准来到日本时就相识的。

"但是，从1960年代开始我就一直知道他，看过照片。肤色很白，人很帅，也很瘦。"

我向他提问：

"对你来说，白南准是一个什么样的人呢？"

他马上答道："是偶像呢。"

他说因为白南准的去世，他将当时的东西都找了出来，去读、去听。

> 在知道激浪派（Fluxus）的同时，也知晓了约瑟夫·博伊斯的事情，但当时完全没有理解。不，虽然喜欢他的作品，但对博伊斯的想法却完全不明白。他说起生态环境的事情，也完全没感觉。现在？现在非常理解啊（笑）。现在真的非常切实地明白了博伊斯的重要。最近，是潮流吧。生态 × 情色，白南准还有博伊斯。真是混乱（笑）。

253 围绕PSE法

PSE法，其实就是"电子用品安全法"。他在今年年初就从某位友人的电邮当中知晓了其存在和问题，并感到惊愕。根据其规定，从4月1日开始，以电子乐器为首，所有电子用品的买卖都变成了不可能。这么一来，连二手音响合成器也都将被取缔了。3月份他赶紧回到国内，参加了记者发布会，进行呼吁，收集到了75000人反对PSE法的签名。其结果是，国家作出了二手家电销售事实上允许的姿态。那这并非修改法律本身，而且前路也依旧不透明。他在网站上写下了关于PSE法的话语，我从中摘录一段转载在此：

> 旧东西很珍贵，因为失去之后就无法再挽回。这并非只是乐器的事情。城市、语言、技术、思想、自然的生物等等，可能都是一样。现代破坏旧东西，创造新事物。20世纪加速了这种倾向，并且还在持续中。

> 为什么会这样呢？

> 这绝不是"兴趣"或"精神"的问题，而是经济问题。因为这是经济的必要条件决定的。例如，进行城市开发的人们，会讨厌陈旧的事物吧。古董可能是兴趣爱好，但是作为经济的强制条件，就只有破坏旧物创造新事物这一条路了。

> 事情的本质，和水库、大桥建设，或是堤岸建设等多余的公共事业是同根同源的。

这些都是为了眼前的利益而破坏宝贵的自然。随着自然的破坏，也破坏了依存于自然的生物多样性。反正人也是自然的一部分，失去了自然的依靠也就无法生存下去了。所以，破坏自然的报应，肯定会回到自己身上的。

是时候去重新思考 20 世纪破坏自然的经济形式了吧，必须要思考以可持续性为基础的经济了。其萌芽，已经不断在世界各地出现了，不是吗？……

话题越说越大，越说越宽，但实际上，随着年龄的增加，会逐渐明白旧东西的好处，和其不可替代的意义所在，旧的东西，或是城市的街道，对于在漫长时间里幸存下来的东西的珍惜、爱护之情会与日俱增。

我期望不久即将实施的 PSE 法也能进行紧急修正，而我们珍视的财富也将永远不会消失……

254 在后台／ALVANOTO+SAKAMOTO
insen欧洲巡演 skmt20060614@BARCELONA

这次巡演一共有11个地方。其中，包括在巴塞罗那的活动，参加声纳音乐节。巡演从葡萄牙的波尔图开始，然后到里斯本。昨天，他到达了巴塞罗那。我们在音乐厅的后台开始了对话。

从波尔图到里斯本的时候，老朋友带我出去观光了，虽然他没有恶意，但花了五六个小时（苦笑）。对我来说，观光是最讨厌的了，尽管我也说了"我不想去呢"。里斯本是我非常喜欢的城市，但现在一下子变讨厌了（苦笑）。我也曾经听说过波尔图和里斯本，像是东京和大阪、罗马和米兰一样互相唾弃着"那边最差劲了"。波尔图的人会说"里斯本最美的地方，就是'朝波尔图'去的路标"，甚至会说"法朵民谣（Fado）那是里斯本的家伙们的音乐，波尔图的人是不会听的"。果真如此呢……但结果却带我观光了很多地方！

昨天想起来，向乔纳森·巴恩布鲁克（Jonathan Barnbrook）委托了 STOP ROKKASHO [①] 的海报设计。在声纳音乐节上，有 DJ，还有各种各样的人从世界各地而来。我向他们说明了"六所村（即 ROKKASHO，修建了核燃料再处理工厂的六个村庄，位于日本青森县）"的情况。今天早上，乔纳森就发来了文件，和声纳音乐节的监制人讨论了之后，说简易印刷一两个小时就能印刷出来。拜托他之后，马上就完成了！这 3 天之内就能抓紧把海报都发出去了吧。

从钱包里拿出钱来支付什么账单呢？结果竟然是印刷费。STOP ROKKASHO 项目，由 team6 制作的乐曲在 iTunes Music Store 上获得了成功，之后被不断混音，继续增值，又或是和这个活动产生共鸣的全世界的艺术家们，向网络提供着作品。

这些是昨天到了巴塞罗那突然想到的，在这之前完全没有留意到。想了一下，要进行宣传的话，应该没有比这里更好的地方了。

[①]　译者注：由坂本龙一发起的，控诉由核燃料再处理设施产生放射性污染的危险性。

在巴塞罗那的后台，他通过电脑让我看数码照片。气氛很奇妙。再过30分钟，他和卡斯滕的现场演出就要开始了。但现在，在这里，却有一个谈论关于STOP ROKKASHO和诹访神社的"他"存在。

这是诹访神社的前宫，也是天龙川的源流呢。往上去有一块巨大的岩石——御神体。

照片里的遗迹是他和文化人类学者，今年在多摩美术大学创建了艺术人类学研究所的中泽新一一起旅行时拍摄的。

这是御社宫司（Misyaguji）[①]（巨大的石棒）。绳文中期的遗物。大约是当时在祭祀中使用的吧。诹访神社的前宫，也是原住民族的神社，再之前则是绳文的遗迹了。大和朝廷在征服日本之时，将位于全国各地的原住民族的圣地都改成了大和的神社，但诹访却完美地未被占领。所以，诹访现存着原住民族和大和两方的神社，真是罕见。

雕刻着蛇和蛙的形象的岩石。"蛇指的是

① 译者注：又叫御石神。

361

男性，蛙指的是女性，这样的神话只存在于绳文中期的一段时期里，但在诹访，一直清晰地保留着。"

有趣的是，诹访人现在依然有着自己并非"大和"人士的意识。没有被完全征服的缘故吧。但是，也觉得并非绳文直系血脉，而是与后来的农耕系的祖先混血繁衍下来的后代吧。就算是弥生人，也有了很多并非大和民族的农耕居民，即便是绳文系，也应该可以大致分为两个种类，北方系和南方系。所谓的"隼人（Hayato）"[①]或是"熊袭（Kumaso）"[②]是南方系的，应该是他们先来的，虽然学术上有分歧，但我觉得阿伊努族原本就是南方系，只是生活方式是北方系的。应当是从南方而来北上到达东北、虾夷地区的吧。六所村里，存在着许多比阿伊努族的出现更早的，绳文中期的遗迹。大约来自 5000 年前吧。

他继续说着原住民的土地被侵略者所蹂躏的故事。这一文化留存在了大和朝廷没能攻击到的山岳地带、和

---

① 译者注：多指九州南部勇猛的男子。

362 ② 译者注：多指住在九州西南部的蕃人。

半岛对岸的故事经纬。"例如房总半岛，离东京那么近，但方言口音却依然那么重，真令人吃惊呢。"

开始全新的旅程，去实地考察。"接下来定了要去哪里吗？"我问。

福井吧。那里大约有 5 个核电站，都是非常偏僻的地方。据说在成立核电站之前，那里都是些需要骑马翻山越岭而去的地方。但也正因如此，才可以建造核电站的基地。日本现在有 55 个核电站的基地。但是，它们也几乎都和绳文时期的遗迹相重叠。虽然让人觉得不可思议，但要说是权力阶层的无意识找到这些地方，不如说是即便没有踩躏的意识但也故意这么去找了吧。

我们一边看着诹访的史前遗物，一边聊着绳文人和弥生人之间的战争。为什么人类文明没有朝着"共存"的方向前进发展呢？御柱和石头的照片也看了。石头表面画着眼睛和漩涡的图案。凯尔特和绳文时期，为什么会画抽象的花纹呢？数码照片的投影一张接一张地播出他所收获的影像，一边看一边继续着话题。

最近在读的书是《唱歌的尼安德特》。尼

安德特人和我们的大脑非常相近，几乎一样。但他们的大脑虽然在博物学等知识方面有优势，但连接、组合知识的功能却很低下。也就是说，无法做到"象征化"。所谓"象征化"，类似于推理、类比。也就是说，能将不同的东西认知为"相似的"。这是一种比喻的能力，语言也由此变得丰富起来，学会了象征性思考也就诞生了神话。人类就是依靠这种能力建造文明的。资本主义也是这种象征思考的产物呢。数学、科学、经济都是象征思考的产物。正因为有了它，才破坏了旧的共同体，引发了战争。如果没有它，连人口爆炸也不会发生了。

电脑的画面上出现了白南准的"电视佛（TV Buddhas）"。"我在收集各种影像呢，像尼安德特的猎人一般（笑）。"

他说，差不多该走了呢，合上了电脑。

第一场演出大概在8点半结束吧。再过来哦，到下一场演出前继续聊。

256 朝着无定形的人生去／
朝着抽象的旅行去　　skmt20061120@TOKYO

　　这个夏天的事。我在苏黎世的机场等待着前往巴塞罗那的 LX1954 航班（居然是和我出生年份一样的数字）。太早了，还没到登机的时间，候机室里也稀稀拉拉的，偶尔有钟声般的声响在大厅里响起，告知前往哪里的航班即将起飞。

　　正发着呆，出现了一个穿着西装的黑人，坐在我前面。他所有的手指上都戴着银色戒指，头上梳着脏辫。一把黑色的贝斯吉他，一个灰色的包。坐下之后打量四周，然后微笑着，像在自言自语。

　　"哈，今天我也是最棒的呢。"

　　虽然这句话不是对我说的，但有触动我的内容。没过多久，就像是候鸟集合一般，他的伙伴们都到了。美女、胖胖的打击乐手，以及戴着眼镜的细瘦男子。他们嬉闹起来。是乐队巡回。

不认识的、不相关的事情，与我无关地进行着，但它却拯救了我的心情。当时我的心情很忧郁低落，但这些候鸟却让我很感激。一生只有一次，此时此刻，不会再重来。他们发出了明亮的智慧光环，并非刹那。

巴塞罗那的声纳音乐节，和MACBA的主会场在不同的地方。在音乐厅里，坂本龙一和卡斯滕两人作为in-sen 欧洲巡演的一个环节进行了现场演出。从波尔图和里斯本出发的巡演，也以两天一场的节奏进行着。而今天竟然有两场公演。从7点开始的第一场在8点半左右结束，他返回到后台。我开口叫住了他。

G　演奏时的自由，大概有多少？

S　几乎都很自由。那个，虽然每场都会有一点不同。

G　卡斯滕的部分呢？

S　加法、减法都是相当自由的。素材打散了，虽然大致结构和使用哪些段落都是定好了的，但全部都在实时现场作出反应。nothing

taped。完全没有提前录音好的
东西。

G　　根据现场的反应来决定。

S　　不错吧，很有禅意的 (笑)。

后台突然来了两位黑人来客。他们居然就是在刚才
所说的慕尼黑出发的同班飞机上的音乐人。

S　　大个子的这位叫奥马·哈希姆
　　　(Omar Hakim)，他是天气预
　　　报乐队 (Weather Report) 的鼓
　　　手，也是此次尼尔·罗杰斯 (Ni-
　　　le Rodgers) 的 Chic 乐队的成员。

G　　居然在这里见到了！那么，那位就
　　　是尼尔·罗杰斯了。

S　　因为 Chic 乐队很成功，所以他
　　　收到了很多制作人的工作邀约。
　　　Chic 乐队的复活也是今年声纳音
　　　乐节的一个重大话题呢。

坂本和乐队成员们嬉闹着，开始了互相拍摄纪念照。谈话中断。

在这种气氛里的对话（采访），是我们每个月都进行的，已经持续了近10年。对话以*skmt*为题，在杂志上连载，并集结成单本发行，*skmt 2*也即将出版了。在东京、纽约、意大利巡演途中，我在某天拜访他，与他见了面之后就开始采访了。没有特定主题的采访，一直持续至今。从"没有想问的事情"开始，到问出了些"什么"。我觉得，这才是采访的终极快感所在。

G　　看了现场演出之后我在想，你一边在做着极为抽象的事情，又一边将最情绪化的东西抽离出来。

S　　并没有特意要这么做，但从结果上来看，不知为什么会这样，从去年开始做的时候，我就觉得奇怪，或是应该说觉得有趣。在意大利南部也是引起了非常情绪化的反应。真不可思议，这是为什么呢？

G　　说是抽象，我们脑子里总是会把它

想得很生硬，但原本澳大利亚的原住民也好、土著美洲人也好，他们的装饰都是抽象的。抽象的东西一定更具有感官刺激，作为一种本能，人们早就知道了吧。我看了演出现场就是这么觉得的。

S　嗯嗯。

G　坂本先生和卡斯滕的邂逅也并非突然，而是两人各做各的事情，互相觉得有了必然性，所以现在得以再见。虽然使用电脑，但结果却是以主张"自由度"走到了一起。

S　因为电脑的计算能力加速了所以变得自由了，这话一说似乎就要变得无聊了（笑）。这五六年间的事吧。以前常常被时间轴所束缚。而现在只要准备好元素，后面就可以自由地创作出来了。

G　这就是原因了。

S　因为和情绪上的反应是有关系的。

G　　　触碰钢琴时的感情呢?

S　　　是非常原始的感觉。我刻意延长
　　　　了倾听钢琴演奏的时间。这么一
　　　　来,钢琴声和背景的噪音杂声就无
　　　　法分辨。虽然还有声响,但到了
　　　　听不见,或是无法分辨是不是钢琴
　　　　声的程度。我是这么做的,大概
　　　　类似约翰·凯奇意义上的具象音乐
　　　　(Musique Concrète)[①] 被叫作
　　　　乐器的东西也是一样,例如(用勺
　　　　子轻敲桌子或玻璃杯)这些声音本
　　　　身是没有改变的,但是运用近代的
　　　　技术,就成了那种类型。但是如
　　　　果去抓挠、击打乐器的话呢? 也
　　　　就是说要在声音和噪音界限的暧昧
　　　　之处引出什么东西来。

G　　　你会和卡斯滕讨论这个吗?

S　　　不会,完全没有过。但是,昨天
　　　　召开记者招待会的时候,卡斯滕说,
　　　　他没有把音乐当作音乐来听,而是

---

① 　译者注:又名具体音乐,1940年代由法国人Pierre Schaeffer创造,属于现
　　　在音乐的范畴,是使用音响、录音技术的一种电子音乐。

把它作为物理现象来听。

G　果然如此（笑）。

S　所以，对他来说，钢琴发出的声响和敲击桌子发出的声音都是物理现象，都是一样的。

G　这次演出的坂本先生，像是某种类型的约翰·凯奇呢。

S　他是我内在的根源吧（笑）。约翰·凯奇风格的东西，和古典音乐还有披头士乐队混合在一起，我就是从那里起步的。

G　叫坂本的约翰·凯奇坐在钢琴前，交互式的影像则是由原东德出身的卡斯滕这一抽象度极高的人进行互动的演出，真是让人浑身颤栗。

S　而且，卡斯滕不喜欢约翰·凯奇呢（笑）。

G　我采访的时候，也清楚地说了。但是，我想在进行这些事了以后，身体上、生理上反而有了某种原生态

（primitive）的反应，你有没有切实
感觉到?

S 例如说茶道的礼法。想象你的一
   举手一投足都会被茶道方法所束
   缚吧，不能去做违反规定的动作。
   而在经过了几十年这样的训练之后，
   才终于看到了前方的一些什么。

G 是自由啊。

S 突然就在前方出现了。自由度增
   加了。怎么说好呢? 和混乱的自
   由是不同的。还是稍微有点像茶
   道礼法那样的抽象性。它和形式
   方法是相依相靠的。

G 但是举例来说，这次没有像上次钢
   琴独奏会那么沉重的紧张感了吧?

S 完全没有。所谓自由，简单来说，
   可以忘记了自己的状态，就是自由。
   所以，连规定的动作也忘记了的瞬
   间，我想是自由的，是极致放松的
   时刻。但是，如果不将它融入到

形式方法之中，我想也是做不到的。

G 自由爵士，你是讨厌的吧。

S 自由爵士不好玩的地方，就是混乱的自由，没有形式。

G 那么坂本先生，你在舞台上放松吗？

S 放松。会拨动钢琴琴弦，轻敲它，几乎忘了所有。什么都没有思考。对于坂本先生来说，对应茶道礼法

G 的，就是钢琴了。

S 啊，是束缚呢。因为沉重。

G 卡斯滕和坂本先生的距离感很好啊。

S 我也觉得大概是这样的，因为他的部分不是"音乐"。

G 没有轻率不诚实，也没有刻意迎合，所以和坂本先生的合作非常独特。

S 昨天的记者会上，有大约 10 位从巴塞罗那来的记者，有一位提问说，音乐是全球性的、没有国境的语言吗？

G　你是怎么回答的?

S　我回答说 NO，并非如此。因为它被文化、历史、前后关系所束缚着，但是卡斯滕的回答却是 YES。因为对他来说，那是三角形还是四角形这样的数学事物。无论给亚马孙的人看也好，给美国人看也好，三角形到哪里都是三角形，是普遍性的（笑）。

G　好难啊。在各种固有的文化里面，也显示出，漩涡或三角的形状是同时发生的。

S　我觉得不能认作是普遍性的意思是，被称作为"美"的事物，其实有各种各样的"美"在里面。三角形被带去火星，火星人看了可能也觉得是美的，但是德彪西的音乐里的和谐之美，火星人大概就理解不了。不仅是火星人，非洲的，例如俾格米矮人族也不懂。明治以前的日本也不明白。觉得不学习就看不懂艺术的人，处在范例的脉络之外。我想那并非普遍性的美。

G　对于抽象，你是怎么看的呢？

S　如果不是法国文学延绵了几个世纪的、有着抽象这一简练存在，那是绝对不会出现像马拉美的诗篇般的东西的。就算是极致的数学，也无法达到那种程度的美。美也有着不同的层次。所以，卡斯滕说的既是对的，在某种意义上也是不对的。

G　之前去罗马尼亚的时候，看了康斯坦丁·布朗库西（Constantin Brancus）的"无尽之柱"，它是非常本土的东西，却又达到了普遍的抽象性。应该和你所说的是一样的。

S　（工作人员来通知差不多该准备上台了）了解。

G　不定型的快乐，我对它最感兴趣了。

坂本先生，你在舞台上看上去很愉快啊。

S　嗯，愉快哦，是愉快的时光，也没有什么一定要做的事情，像是接近于一种坐禅的状态吧，心情愉悦。在舞台上发出的啵嗯的声音，就好像是在坐禅，或者在下围棋时落子的声音，啪嗒、啪嗯，我很享受这样的余韵空间。

G　这真是相当简练啊。

S　也许这只有日本人才能做得到，但是，我想卡斯滕也能够明白其中的奥妙。留下余白，然后在这里发出啵嗯的声音，我想，和我相比，他更能在脑海中看到京都寺庙的画面。

G　但是微妙的错开，又严格地使之交错是为了？

S　枯山水之类尽管有着七五三庭①的格式，但石头自身的凹凸形状

---

①　译者注：七五三庭，日本最古的枯山水庭园，位于京都大德寺真珠庵。传说，村田珠光设计15块飞石一字排开，依次可见3、5、7块飞石。

也还是很重要的。那种绝妙的美感，用数学和物理学是无法表达出来的。这一点他也明白。

G 原来如此。

S 我们也觉得，自己能成为竹桶敲石^①就好了呢（笑）。

G 哈哈，那真是不错。

S 叫作"坂本"的竹桶敲石，叫作"卡斯滕"的竹桶敲石……

他登上舞台，我回到座位。然后我欣赏了和在马德里、东京相同的他的表演。舞台气氛逐渐展开，向着快乐方向的不定型脱颖而出，因为混合了安静与激烈，所以有种快乐中枢神经被插上了电极般的兴奋。无论看多少次，都不会让人心生厌倦，不可思议的舞台表演。看完演出之后，我又回到了日本，而他则继续欧洲的巡回演出。

三个月之后的某一天，我又像往常一样急急忙忙地去纽约拜访坂本了。和往常一样，我一手拿着录音机按下了录音开关。

---

① 译者注：流水落入竹桶满盈后落下敲击石头发出声响的设施，常在日式庭院中出现。

这是一个休息日，我一边喝着坂本亲手给我倒的茶，一边开始了各种话题。*SOTOKO*的别册*EROKOTO*。布鲁斯·毛（Bruce Mau）的《大规模变革》（*Massive Change*）。阿尔·戈尔（Albert Arnold Gore Jr.）主演的电影《难以忽视的真相》（*An Inconvenient Truth*）（关于二氧化碳和温暖化）。卡特里娜飓风给美国造成的巨大冲击、小布什时代的终结、罗伯特·弗兰克（Robert Frank）、布列松（Henri Cartier Bresson）的照片，关于白南准的话题，埃兹拉·庞德的《诗章》。最近观看的电影、纪录片。乔治·卢卡斯（George Lucas）的*THX*[①]的话题。我说起了两三天前在纽约看的约翰·佐恩（John Zorn）和眼镜蛇乐队（COBRA）的演出，又谈到了PSYCHIC TV乐队的话题。他说，对了，然后通过视频演示播放他最近拍摄的照片给我看。我们又聊到了时隔10年的Kitchen（这之前的一周他和卡斯滕在Kitchen进行了现场演出）、柏林、意大利罗马、Kraftwerk风格的两人的纪念照，以及附近的意大利餐厅关门了的话题。

S　几时回去呢？

G　明天。那么晚些在哪儿再见吧。

---

① 译者注：Tomlinson Holman Experiment的字头缩写，它是卢卡斯影片公司针对商业电影院制订的一种体系认证。其目的是要让电影院画面的亮度、均匀性、反差等级和声音的声压、声频响应、声道平衡度、房间有混响时间、隔音要求等给出各种具体的规定。

就这样，当天的对话结束了。既没有开始，也没有结尾。但是，却满溢着真实的闪闪发光的东西。

在日本演出时，几乎都没能交谈，过了一阵后的某一天，他发来了 *skmt 2* 的前言。那里有这么一句话：

> 虽然我常常在思考些什么，但用的到底是语言还是别的什么呢？我自己也搞不清楚。和别人发生交谈时，因为会用语言来对话，这么去给不定形的思考状态一种定型，也挺不错的。一旦使之落地成为语言，既方便了记忆，自己也会珍视爱惜。不过另一方面，一旦成为语言，我就常常忘记了其原本的不定形的状态，总会觉得有些可惜。

不定形，以不定形形式一直存在的快乐。想要一直这么继续下去的快感，以及继续出发去往不定形的快乐的旅程。坂本龙一，这个少见的享乐主义者，永远的逃脱者。

就这样，叫*skmt*的坂本龙一的反自传式的尝试性的第二本书，突然就在快乐中戛然而止。

后记①

关于本书

后藤繁雄

我是编辑。我做采访，写文章。

写谁的故事，写发生的故事。

因为天生口吃，所以我以前总是一个人画画，或是拍摄8 mm的电影，却不知曾几何时成了编辑。

虽然不擅长，但却开始了向别人提问交谈。

因为真的见了很多很多人，似乎大家都觉得我喜欢人。

我很怕人，即便做再多采访也始终熟练不起来。

人多反复无常。只是一个瞬间，就将从来不曾对人说过的事情说出来，自己也会将迄今为止从未想到过的事情，与人言说，或是将自己之前的想法抛弃。

解读他人是很难的，读得太深，就会讨厌这么做的自己。

我想做的是，当对方第一次说起那件事情，在他脱口而出的瞬间，我能在现场。

卡波特（Truman Garcia Capote）被提问"你想要成为什么？"时，他回答说"透明人"，我真的非常理解这种心情。成为眼睛，在宇宙间穿行；成为窃听器，潜伏在床底，觉得如果能这样的话，没有自我也无所谓。

安迪·沃霍也是这样的人，所以我也喜欢。

所谓"采访"的工作指的就是在有限的时间里，诱使对方说出他们对亲密的人也未曾告白过的事，和审讯笔录很相似。因为是全世界第一个面对现场的人，没有比这更幸福的工作了，但同时，也没有比这更像犯罪的工作了。

所以，我觉得大多数场合下，是仅有一次的，但却至深的接近。

想到再也不会再见，一生只有一次的相见时，刚顺利完成采访，说实话，我就想马上逃开。

因为我知道与他人交往是很恐怖的一件事。

在奥利弗·萨克斯（Oliver Sacks）创作的《火星上的人类学家》这本书中，有一位原本是自闭症患者的女性动物学家，我也总在采访的时候，感觉自己和她一样，像是从火星来的人类学者，在调查人类的"感性"与"思考"。

和他人相处这件事，是非常难的。

为什么一直继续着对坂本先生的采访并制作成书

了呢?

即便人类是那么的可怖。

其中真正的含义我从不曾与人说过,第一次想要写下来。

虽然我倾听了坂本先生的很多话,但我并非最了解坂本先生的人。因为我并不是单纯为了了解他才去这么做的。Y.M.O.重新复合的时候,我在纽约采访了Y.M.O.的3位成员,因为想写一本叫*TECHNODON*的书。某个大雪纷飞的夜晚,坂本单身一人来到了我投宿的酒店与我进行交谈。那时候,我想我失去了自己所谓"火星来的人类学者"的这一距离。虽然说不好,但对于我来说，那是一次非常特别的体验。不是喜欢也不是讨厌，也没有利害关系，而是自己找了在这一生中能够有所关联的东西。这是由某种连坂本先生自己也没有意识到的特别的力量所引发的。他甚至不知道他曾给我带来了这样一番体验。在那之后，我一直想要写一本叫作《坂本龙一》的书，并且开始了操作。我所想的是，由我以"他人"的视角，来书写坂本龙一的"自传"。当然，这样的事情听上去就很傲慢，但将他人的人生进行故事化，即所谓评论性传记，我既做不到，也不想这么做。坂本龙一这个人，都不属于坂本龙一自己，他是一个一边分裂、充满矛盾，同时又不断持续在运动的综合体。正因为如此，我采取了将其碎片化，使之分别成为下一个

"种子"，即散播种子般的记述方式。许多纪实文学的作者，会紧抓住这个人想要对其进行说明，但这种方式不过只是小小的私有。我想做的是，不是说明，而是记录和记述，是测试与观察。坂本先生在这4年里，不，在这更久以前对于我的采访，从来没有问过"为什么要采访呢?"或是"目的是什么?"但是采访和被采访也并非就是理所当然的。我一直都很紧张。为什么呢，因为坂本先生一直都打开自我，什么都对我说。而这一点对我来说现在依然是个谜，也许对坂本先生来说也是个谜。现在在这本书之外，我也在经手坂本先生歌剧 *LIFE* 的文案和书籍工作。时不时地会到他工作的地方。他停下正在作曲的双手，将刚完成的部分用电脑播放给我听。编辑和记述这份工作，在坂本先生活着的时候，在我活着的时候，会以某种形式一直继续下去。他是什么？而我又是什么？成了不可思议的一件事。最后，刊登*skmt*连载的文艺杂志*Little more*的中西大辅氏、*Little more*的社长竹井正和氏与设计师中岛英树氏，我想向他们表示感谢。以及爽快答应转载收录在第二部中的"一千个提问"的*Impress*杂志主编井芹昌信氏，我也要向他表示感谢。这"一千个提问"是*Impress*杂志在1997年末出版的CD-ROMBOOK *DECODE20*，将我所制作的内容做了首次全文刊登。*DECODE20*是一个可以与坂本龙一进行互动对话的软件，有兴趣的朋友请一定了解一下。最后的最后，协助挑选照片的坂本敬子女士、坂本一龟先生，以及创意总监空里香女士，如果没有他们的理解、建议，本书也无法落地成型。各位，非常感谢。

后记②

官能美学之人
坂本先生

后藤繁雄

早起，一个上午的时间都用在这本 *skmt 2* 的小样校对上。虽然是断断续续的，但是近10年以来，我每个月都在继续着对坂本先生的采访。一开始在杂志 *Little more* 上发布，之后则是在 *Intercommunication* 杂志上继续发布。

　　虽然我持续了很长时间的采访工作，但只有对这本 *skmt 2* 里的坂本先生，我是以一种特别的态度来对待的，这是后来才感悟到的。因为从一开始就几乎没有所谓要提什么问题，或是定一个什么主题。作为采访者，这肯定是最差劲的了。

　　我对其他受访者，会做"事先"的准备，并且一定会制作"采访提纲"，把它背下来再去"采访场地"，这

些都是长久以来给自己定下的规矩。但是，只有坂本先
生的情况是一个例外。这是为什么呢？

　　skmt 1 的时候，还有某种我自己的"倔强"在。当
时已经做了"1000个提问"（为坂本先生特别准备的
1000个问题，通过电邮发送，请他进行回答的一种问答
方式。对于一个采访对象要想出1000个提问这样的事，
大概是我今后的编辑生涯之中不会再有的了），因为觉得
我自己也已经完全被掏空了。

　　所以在重新阅读这本 *skmt 2* 的时候，我就是以这种
早被掏空了的状态去和坂本先生会面的，只是询问"正
在做些什么呀？"或是"有什么事情发生吗？"就这样，
在纽约或东京，在各个巡回演出的城市寻访坂本先生的

自己的身影首先浮现在了脑海里。

只要读一读这本书就能马上明白，*skmt 2*强烈地反映了"这个时代"。但那不是坂本先生对时事性的事件进行表面的反应，而是对时代深处流淌着的东西有感而发，读者能马上留意到这一点。

对于不作防备的我的采访姿态，坂本先生也一直都是不作防备的。很多时候，我们的对话分不清是提问还是回答。不过，正因为如此，我想*skmt 2*才成为一本充满流动在新世纪底层的东西、预兆和预感的书。

*Intercommunication*杂志历代的编辑伙伴，因为有了你们的守望相助，连载得以没有终点般地继续着。恐怕可以一直这么继续下去吧。就在我觉得是不是差不多

了的时候，第二本书制作完成了。

　　集结成单本发行，和纪录片集合或记录集那样的"总结"的方向又背道而驰，因为我想要"向着未知"来进行编辑，所以坂本先生和空里香女士日常一直在拍摄的数码照片，由中岛英树和我进行挑选并向外"播种"。像无数蒲公英的种子或花瓣般播撒到全世界，因为我想这样的心情很重要。

　　在这本书里也露面了的code团体，在这之后也收获了"先把该做的事情做了"的切实感受，虽然他们解散了，但意想不到的是，因为这本书大家又集合到了一起，成为一本书。关于code，虽然发行了4期机关杂志 *unfinished*，但其编辑方针"开放型的编辑"，在这本

*skmt 2*中也继续着。

　　话说，今天下午我去了涩谷，去观看坂本先生和卡斯滕·尼古拉的insen巡回演出。这次巡回，虽然已经在巴塞罗那的声纳音乐节上和马德里都看过了，但还想再看一次。舞台左手方是坂本先生，右侧则是卡斯滕，他们后方横放着长长的屏幕。钢琴和电子噪音一开始演奏，随着音色的变化，由卡斯滕控制的抽象影像也在变化着。卡斯滕所创作的"从艺术之外来的东西"，和钢琴这一已经是"完成形态的东西"交相辉映。并且，在这一组合之上还有影像。这多么令人兴奋颤栗啊。皮埃尔·布列兹有一本名著叫《克利的绘画与音乐》。在这本书里，布列兹阐述了画家们与音乐家们共同感觉的关系。例如，康定斯基与勋伯格、毕加索和斯特拉文斯基。特别是在克利身上两者俱全，声音与视觉，将这两者看作一体来思考的方式，对我来说很容易理解。抽象的影像无须生涩的现代艺术的理论来进行分析，而是作为扩大官能与情绪的东西而存在。我也想到了，苏珊·桑塔格曾在《反解释》中使用了"官能美学"这个词。

我每次观看他们在舞台的演出，都有一种心如刀绞般的"疼痛"感，混合着"官能"的感觉在一起。这对于某些人来说，恐怕也是一种无法承受的苦痛吧。但是对于我来说，却是无与伦比的官能上的愉悦。

听了音乐，看了影像，越发觉得坂本先生是一个不可思议的人。他比谁都更激进地敲响时代的警钟（自我中心地！）。一边是这样，但另一边又不断继续着未知的音乐旅程。这样的人，在全世界都找不到第二个，我从心底里这么觉得。

至此，*skmt 2*得以问世，真的很高兴。坂本先生、空女士、中岛先生、NTT出版的柴先生、本田先生，要向许多支持协助过我的人士表示感谢。

虽然得了一点空闲，但预感到记录坂本先生的旅程即将再次到来。

文库版后记

坂本龙一，是运动体。

后藤繁雄

读了*skmt*的读者，已经目击了坂本龙一是一个坚持不被固定下来的、保持不定形状态的、与时代紧密关联的、不断思考又轻盈游走其间的人。

　　但收录在本书中的言辞都是过去的东西了。他早已不在那个"时间点"上了，也不会对过去的发言承担责任。"人生的目的是?""没有。只是完成人生而已。"这就是他的回答，是简单又美好的理论。所有都是"现在"这个瞬间，如何将其完美地完成，这一系列的连续逐渐形成了本书。

　　本书集合了从1996年到2006年这一时期内的言辞片段，跨越了世纪末，跨越了"9·11"，在世界一步步走向非对称的全球化经济的矛盾泥沼过程中，完成了这本书。在这期间，在20世纪的世界大战中幸存下来的文化人也正逐步死亡，陷入到了功能不全之中，摸索没有被"单纯化"所回收的模式（生存方式），又有多少可能？

本书既不是思想书，也不是新闻记者的书。现在，重新再读一遍的时候，我却对其中充满的"预见"感到震惊。它是一本预见之书。我想大概新读者们也会这么觉得。所有的都是流动化的，当感到沮丧、无力的时候，要如何拥抱希望去思考，要一边打破原有的理念，一边不断改组重生才好吗？我想这其中提出了许多"生存的灵感"。

skmt 1和skmt 2的合订与文库本发行，将这些"预见"与新的人群做了连接，我想这比什么都重要。虽然长久以来我一直从事着编辑工作，但最近深切地感到，也被鼓励到，在同时代中再也没有像坂本龙一这样激进地，但又一直连接着希望愿景的人物了。更为重要的是，他与过去的任何一位艺术家都不相像，是完全独特的自己。独创容易被孤立。不违背流动性，但他也不断孕育出顽强的不定形和新的理论来。这是多么激进又可爱的人生啊！

今后的他也将一直保持这种不可替代的运动体的身份吧。

坂本先生在罹患癌症之后，我们有一年以上几乎完全没有联络。同情的言词我自己也不擅长，所以选择在远方为他祈祷。不过，这本 *skmt* 有了文库发行本，现在，我也有了非常阳光、晴朗起来的心情。我从心底感到高兴，能在坂本先生病情好转的时间点上出版本书。

昨天，他参加了国会正门前的集会，坂本先生没有任何预告就加入了其中。在他发表简短演说的时候，我真的是哽咽到想落泪。而比谈话内容更重要的是，在正确的时候置身于正确的地方。这种一往无前的勇气，是现今最具有创意的事了。

有种被释放了的心情。在多达几万人的、为了抗议聚集起来的人山人海之中，我抬头看向天空，听到坂本先生演讲的这一天，我想这辈子都不会忘记吧。

2015.09.01 东京

416